湯姆歷險記

目錄

★【推薦序】

蔡淑媖（中華民國兒童文學學會祕書長、磚雅厝讀書會擔任會長）

讓經典名著串起代代閱讀的記憶

好的故事不會被時代所淘汰，好的故事總是一代傳一代，而在閱讀的時候，你不會覺得它不合時宜，也不覺得它很古老。

還記得女兒四歲時，我與她一同觀賞改編自《清秀佳人》的卡通影片，她著迷於紅髮安妮的表現，我則體會著瑪麗拉兄妹為人父母的心情。當安妮要離家求學時，瑪麗拉捧著安妮小時候的衣服背對著鏡頭哭泣，她感嘆時光過得太快，我忍不住也哭了。這時，女兒抱著我說：「媽媽，我不會那麼快長大，我不會離開妳的。」童言童語惹得我破涕為笑。**經典故事就是這麼能跨越時空，同時打動兩代人的心。**

這套書裡面的故事都曾被改編成影片，因此，很多人即使沒有看過書，也都知道這些故事，而知道故事後再回來讀這些書，那感覺就像和老朋友會面一樣，既溫馨又甜蜜。

例如，改寫自中國長篇歷史故事的《岳飛》和《三國演義》，可說家喻戶曉，大家多多少少都知道一些精彩片段，若能重新再透過文字咀嚼一次，將片片段段組合起來，那不完整的印象便具體了，成了可以跟孩子分享的材料。

而《安妮日記》紀錄一段悲慘的歷史，透過一個小女孩的眼睛，讓大家看到戰爭的殘酷及人權被迫害的可怕，世界上人人生而平等，不管膚色、種族、性別，大家都有同樣的生存權利，這樣的態度在現今世界更需要存在。

談到「生存權利」，自然想到《海倫．凱勒》這本書，一個又聾又盲的女孩，要如何活出自己呢？在那個科技不是很發達的時代，聽不到、看不到的孩子要如何學習呢？想起來就讓人充滿無力感，可是，沙利文小姐憑著無比的耐心，對海倫循循善誘，讓她的人生出現了光明，這是非常激勵人心的真人實事，在我們佩服海倫之際，同時想想自己是否有克服困難的決心，大人小孩互相勉勵！

同樣以小女孩為主角的故事《海蒂》，敘述一位自幼失去雙親、由姨媽撫養的女孩，五歲那年被帶到阿爾卑斯山的牧場和爺爺生活，三年後又被帶到城市陪伴不良於行的小姐，女孩雖然樂觀開朗，卻壓力過大出現夢遊情形，最後重回她念念不忘的牧場，開心的過著簡單而幸福的生活。不同於小女孩的成長故事，屬於小男孩的《湯姆歷險記》則展現了另一種生活樣貌；而從男孩的冒險到青年的冒險，《魯賓遜漂流記》裡的主角則帶讀者遠航到更遠的地方，度過不可思議的荒島生活。不同於湯姆和魯賓遜在大自然中的冒險，《環遊世界八十天》的福克先生帶著我們馬不停蹄的繞著地球跑，過程刺激極了；更刺激的是《福爾摩斯》與華生的偵探故事，會讓人腦筋跟著動不停。

閱讀可以解放禁錮的心靈，讓人「身處斗室、心去暢遊」，當你的心乘著想像的翅膀飛向千里之外時，就像真的經歷了一趟豐富的旅行，這種美好的體驗，孩子們一定要擁有。

經典名著歷經數百年依舊在世上流傳，一定有它立足不墜的地方，不管家長陪孩子或老師引領學生，這些作品都是很棒的選擇。讓大家一起來閱讀經典作品，串起代代閱讀的記憶吧！

林偉信（台灣兒童閱讀學會顧問、誠品文化藝術基金會「深耕計畫」顧問）

這套【影響孩子一生的人物名著】系列中的主角們，沒有因為自己的出身或是生活環境的困頓，自我設限，自怨自艾，反倒都是**努力掙脫宿命的桎梏，積極追求生活中的各種可能發展**，創造出各種新的意義，為自己的人生書寫出一篇篇撼動人心的美麗篇章。藉由閱讀這些「人物」的故事，我們不僅可效法他們的典範，激勵心志，有勇氣去面對與克服人生中各式各樣的困難與挑戰，並且，也因為透過故事的閱讀，讓我們了解：「每一個人的背後都會有一段故事」，因此，在生活中，就更能了解個別特質、尊重差異，給予他人更大的關懷與慈悲。

張璉（東華大學歷史系教授兼圖書館前館長）

兒童接觸閱讀，多半是從寓言、傳說，或者童話、神話故事起步，在充滿異想、奇幻式的萬花筒世界中，可激發兒童豐富的想像力與探奇心，即便如卡通或兒童電玩也不例外，皆以饒富想像、靈活幻化的情節為題材，然後寓教於其中，逐步導引兒童認知這個多采多姿的世界。

人物故事或傳記就大不同了，不論是文學體裁或以傳記、日記的形式，都是以現實生活為場景描寫人生故事，與充滿想像、不受框限的題材迥異。現實人生既不幻化，也缺乏異想，更不似神話，**人物故事或傳記裡的主人翁，在現實世界中或因堅毅的生命、或品格操守、或智慧卓絕、或不畏艱險等等，不同的人生經歷皆可做為孩子們學習效法的典範。**

目川文化精選十冊人物故事叢書，有中外文學名著、日記及人物傳記，非常適合中高年級的兒童閱讀。大部分的小朋友不大主動閱讀人物傳記，需經家長或老師的引導，為他們開啟另一扇窗。閱讀人物故事，能更認識這個世界與中外古今人物典範。

讀安妮的日記，彷彿通過一位猶太少女的雙眼，看見為避納粹迫害而藏於密室的悲慘世界，也從安妮坦誠而幽默的文筆，讀到在艱困中的心靈成長。從命運坎坷的海蒂身上，可嗅出天真樂觀的特質，終而翻轉了頑固的爺爺，也改變身障富家千金的人生觀。從湯姆的歷險，看到一個古靈精怪的頑皮少年，在關鍵時刻竟然變得勇敢而正義。又如，熱愛航海的魯賓遜，不幸漂流至荒島，為了求生存，怎樣在孤絕環境下發揮強大意志力與求生本能，令人好奇。從福爾摩斯的辦案，可學到邏輯推理、細微觀察與冷靜縝密的思考。再如，精忠報國的岳飛，力圖恢復失土，率領大軍討伐金軍，卻遭奸人所害，雖壯志未酬，但他堅貞愛國的情操永留青史。中國「四大奇書」之一的《三國演義》，從劉關張到魏蜀吳，從諸葛亮到司馬懿，鮮明的人物形象與詭譎多變的智謀，既是談亂世的歷史，更是談仁義節操與智慧人生。

在眾多書海中，尤以人物故事對人們的影響最深，書中的主人翁能深入孩子的內心世界，與之同喜同悲，「品格教育 6E」第一步就是樹立典範（Example），因此，必須慎選優良的人物故事，不僅獲得人生智慧，更是品格學習的榜樣，為孩子及早建立形象楷模與正確的價值觀。

李博研（神奇海獅、漢堡大學歷史碩士、「故事：寫給所有人的歷史」專欄作家）

「想讓孩子揚帆出港，重要的不是教給他所有航行的知識，而是讓他渴望海洋。」這句話我一直銘記在心，在做文化推廣的漫漫長路上，這也一直是我的初衷。當孩子開始對一項事物感興趣，他自然而然會開始學習一切必要的知識。目川文化的〈影響孩子一生名著系列〉精選平易近人的十本經典【世界名著】、十本【奇幻名著】，到現在的十本【人物名著】，相信能讓孩子從閱讀故事的樂趣中，逐步邁入絢爛繽紛的文藝殿堂，實屬今年值得推薦的系列童書！

陳之華（知名親子教養、芬蘭教育專家）

許多父母總會心急又關切地詢問：孩子的成長中，有哪些是必備的養成養分？**我總以為，閱讀習慣的養成、閱讀興致的培養，是極重要的一環。**我兩個目前已成年的女兒，在孩童階段，就有多元與豐富的閱讀經驗，除了圖書館的借閱外，也在家裡的書堆中長大。

家裡的各類叢書，宛若一個小型圖書館，彙集許多經典書冊和孩子喜愛的兒少著作。這些書常常營造出一種氛圍，在每日的生活中，成了看似有形卻無形的一種吸引孩子去接近它們的養分。有書在家，不僅帶給孩子一個有故事、有各種插畫與繪圖的環境，也會讓她們感到心有所屬，更讓她們在每隔一段時日中，總會再次拾起同一本書去閱讀，因而產生年歲不同的領悟。

近日一項由澳洲國立大學進行的研究指出，**孩童在幼年時期，家中的藏書、叢書愈多，孩子在日後的認知能力與知識發展的表現，都將更佳。**的確，孩子往往能透過不同的故事，開拓他們對世界的認知能力與想像力，目川文化出版的【影響孩子一生的人物名著】系列中，涵蓋了十本東西方精采可期的人物故事，有二戰時期飽受納粹迫害的《安妮日記》、紅髮俏皮的加拿大女孩《清秀佳人》、美國兒童名著《湯姆歷險記》、瑞士阿爾卑斯山上的《海蒂》、成就不平凡自我的美國聾盲《海倫·凱勒》、流落荒島二十八年的《魯賓遜漂流記》、英國紳士的《環遊世界八十天》、英國著名偵探《福爾摩斯》、精忠報國的《岳飛》，以及非讀不可的中華經典《三國演義》。

閱讀這些已然跨越了年代、國家與文化的經典人物傳奇，認識有別於自己成長環境的國度、歷史和文化背景，透過閱讀書中主人翁的成長、生命或冒險故事，孩子將有機會學習到韌性、勇氣、堅持、寬度、同理等能力。而從這些不同的角色中，孩子也必然有機會從中對比或想像一下角色互換的情境與心境，從而了解自己可能的想法、勇氣與作為。

陳孟萍（新竹縣竹中國小閱讀寫作專任教師）

孩子的成長與學習需要典範！

閱讀一本好書，彷彿站在巨人的肩膀上，讓人看到更高更廣闊的世界；從書中人物所經歷的種種困境，更可以讓人在閱讀時感同身受，獲得共鳴。這一套【影響孩子一生的人物名著】，**正有如此的正向能量，能給予孩子們成長時內化成學習的養分**：

《安妮日記》在安妮的身上學到不向逆境低頭的正向人生觀。

《清秀佳人》在安妮．雪莉的身上看到堅持到底的毅力。
《海倫．凱勒》從海倫．凱勒的奮鬥懂得珍惜自己所擁有的一切。
《海蒂》在海蒂的成長中見證永不放棄的力量。
《湯姆歷險記》從調皮善良的湯姆身上，看到機智勇敢讓人激發出前進的動力。
《環遊世界八十天》在福克先生的冒險中，體會隨機應變、冒險犯難的精神。
《福爾摩斯》冷靜思考、敏銳觀察是福爾摩斯教會我們的事。
《魯賓遜漂流記》在孤立無援時，勇氣與希望是魯賓遜活下來的支柱。
《岳飛》直到生命最終仍然恪守「精忠報國」的誓言，是岳飛為世人樹立的典範。
《三國演義》從歷史事件鑑古知今，在敵我分明的史實中見賢思齊，見不賢內自省。
強力推薦這系列經典名著，給正值青春年少的孩子們最棒的心靈滋養！

許慧貞（閱讀史懷哲獎得主、花蓮明義國小閱讀推動教師）

為什麼要讀「人物傳記」的書

是什麼樣的人物，能夠經過時代的考驗，創造出一片屬於自己的天地，留下值得紀錄的典範？藉由人物傳記的閱讀，我們可以在這些名人身上，找到很多值得學習的美好特質，這對還在學習階段的孩子而言，可以說是相當重要的閱讀資源。

在孩子成長的過程中，難免不只一次地被問到：長大以後要做什麼？多數孩子的答案，可能也就是醫生、律師、老師、科學家……之類，很容易獲得大人賞識的標準答案，至於那是不是自己心底真心的期盼？可能都心虛地答不上來。

或者，未來對孩子來說還遙不可及，充滿了未知的變數，但同時也有著無限的可能，在滿懷期待與盼望的年少時代，**孩子多讀一本傳記，就像多交了一位豐富的朋友**。此時，讓孩子看看書裡的人物是如何認真的過日子，辛苦的為著理想奮鬥，其中的過程或許滿是挫敗，但他們終究還是闖出了屬於自己的一片天。

透過這些人物的故事，孩子或可從中領略出自己將來想成為一個什麼樣的人，而他們曾經走過的路，遇過的挫折，也將成為孩子人生路上最好的借鏡。

陳昭珍（臺灣師範大學圖書資訊學研究所優聘教授兼教務長）

陪伴所有父母親長大的不朽經典兒童名著！

劉美瑤（兒童文學作家、台東兒童文學所）

關於書籍規劃，目川文化真的很用心，尤其是在翻譯上面字斟句酌，讓整部作品讀來更有韻味，在上一套影響孩子一生的【奇幻名著】中，力邀我為每一本深入撰寫每部作品的文學價值。新的這套【人物名著】，選作兼顧中外名典，角色豐富，有勇猛剛毅的男主角、調皮卻不失真誠的頑童、慧黠溫暖的孤女，以及陷於逆境卻始終向陽生長的堅毅女孩。這套作品中，我尤其喜歡用微笑感動他人的海蒂，以及善於用文字逐夢踏實的清秀佳人安妮．雪麗。我推薦大小朋友們繼續支持，因為讀者不僅**能從作品裡的每一位人物身上汲取到愛的溫度、明亮的思考**，更重要的是藉由閱讀他人的故事，我們能擴展看待事情的角度，學會用兼具勇敢與溫柔的態度去面對未來的挑戰。目川文化【影響孩子一生的人物名著】，真誠推薦給您！

林哲璋（兒童文學作家、大學兼任講師）

莊子說：「寓言十九，重言十七，卮言日出，和以天倪。」意思是指他教導人明白「道」的方式，百分之九十用寓言，百分之七十用「重言」。「重言」者，為人敬重者之言（行）也。在兒童文學裡，就是傳記和人物小說。

目川文化在先前的影響孩子一生【奇幻名著】系列，已經將「寓言」的部分實踐；現在熱呼呼出爐的人物系列，正準備展現「重言」的傳道之效。【人物名著】系列，引導兒童向書中人物（傳記人物，寫實小說人物）學習仿效，由這些書中人物現身說法，或許比親師再多遍的言教都還管用，不是這麼說的嗎——身教重於言教！有些時候，平凡的我們不一定擔當得起身教之責，但沒關係，傳記裡、寫實小說裡有！

目川文化的兒童名著系列，有寫實的虛構，有虛構的寫實，充分融合了言教與身教。**這套【人物名著】每本書裡還準備了「專文導讀」，介紹時代背景及作者生平和故事理念，融合感性與知識性讀物的元素，一舉而數得。**

游婷雅（好家庭聯播網閱讀推手節目主持人／閱讀理解教學講師）

《湯姆歷險記》裡永遠的少年英雄

那是一個還有黑奴制度的時代，也是一個將美洲原住民（印第安人）視為野蠻人的時代。馬克．吐溫在《湯姆歷險記》書中所描繪的，正是這樣的時代。在這樣的時代背景下，十三歲的男孩都做些什麼呢？不喜歡上學、不喜歡受到約束、喜歡玩海盜冒險遊戲、喜歡想像自己是英雄、喜歡……偷偷談戀愛。

哇！原來那時代的十三歲男孩和現代的十三歲男孩也沒什麼兩樣啊！

再換一個角度來讀這本書。十三歲的男孩希望受到大家的關懷、重視、矚目，就像湯姆一樣，想方設法成為眾人關注的焦點。或許，一開始是透過欺騙，後來可能是陰錯陽差，但最後，終究成為真正的英雄。心理學上的「畢馬龍效應」、「自我應驗效應」說的似乎就是湯姆的故事：**當他人或自己給予更高的期待，便更有機會應驗這樣的期待。**湯姆開始受到大人的喜愛與信任之後，他開始喜歡上學，因為上學的路上讓他走路有風、感到榮耀。

所有十三歲的孩子都需要受到關懷、重視、矚目！不應該只有功課好、品行佳的孩子才能在學校裡抬得起頭。那些滿腦子「神」點子、愛探索的孩子，也可以在校園裡發光發亮，成為英雄。

作者，馬克．吐溫 *1

專文導讀

陳孟萍

國小閱讀寫作專任教師
閱讀寫作教學講師

一八七六年出版的《湯姆歷險記》，是美國大眾文學之父、著名幽默大師馬克．吐溫（Mark Twain）流傳百年的傑作。將帶領讀者展開一場又一場緊張刺激的冒險歷程，而且一旦啟程便無法停下腳步，其中有湯姆調皮搗蛋闖出的大小鬧劇，在機智的巧思中，為自己和朋友脫困，甚至得到大人的原諒和讚許；也有他為心儀的女孩頂罪、為了解救含冤入獄的酒鬼而勇敢出庭作證的英雄事蹟。

筆者記得小時候看這本書，每每跟著湯姆和他的同伴們在層出不窮的事件中，一同經歷喜怒哀樂的情緒，一則則發生在他們周遭的小故事，猶如我們日常生活會出現的情景，卻又因主角們充滿好奇、冒險的行動，有了令人意想不到的發展，而讓閱讀的思緒隨之跌宕起伏，彷彿獲得前所未有的生活體驗，讓人驚嘆連連，闔上書後仍意猶未竟。這樣的閱讀記憶，一直伴隨著筆者。到長大後，在課堂上帶著孩子們閱讀時，身歷其境的感受仍在。

偉大的美國現實主義作家——馬克·吐溫

關於《湯姆歷險記》故事人物的藍本，作者曾在原著序言寫道：「這本書裡所描繪的冒險故事大多都真有其事，其中的一、兩件是我的親身經歷，其餘的是我兒時夥伴們的故事。」可見兒時的玩伴以及故鄉的記憶，對於馬克·吐溫的創作有著深遠的影響。

一八六九年，密西西比河岸情景 *2

馬克·吐溫成長於美國密蘇里州的小鎮漢尼伯（Hannibal），當時，寬大的密西西比河（Mississippi）上蒸汽輪船往返如織，沿岸的城鎮皆是船隻穿梭聚散之地，使他從小就夢想成為一名船長，而且如願以償。這些生活中的親身經歷與觀察，更化為他筆下膾炙人口的精彩故事：《密西西比河上的生活》、《湯姆歷險記》和《頑童歷險記》。

迪士尼樂園「湯姆・索耶之島」*3

本書故事中，湯姆嚮往成為一名海盜，和哈克等人划著木筏離家，躲在離岸沙洲聚積而成的「傑克遜島」，在作者的描述下，彷彿一座世外桃源，也成了許多小讀者們嚮往的樂園，因此，美國迪士尼樂園還特地建了「湯姆．索耶之島」（Tom Sawyer Island），帶著大大小小的《湯姆歷險記》迷搭乘湯姆的小船一起來到島上，回味一段屬於所有人記憶中的童年故事。

而在馬克．吐溫的故鄉，除了他兒時的故居，連周邊房子及門前街道也都保留了原貌，另外，當地還有馬克吐溫博物館、馬克吐溫號汽船、馬克吐溫洞穴和湯姆與哈克雕像等紀念性景點。

此外，每年美國國慶日七月四日這天，當地也會舉辦一場年度盛事：全國湯姆日（National Tom Sawyer Day），當天鎮民們會在服裝上高度還原作品中湯姆的造型一起同歡，並進行一連串的精彩活動和趣味比賽。例如「湯姆與貝琪」比賽，會由參賽者把漢尼伯的

作者兒時故居暨博物館 *4

歷史以及文化介紹給慕名而來的訪客；「油漆籬笆」比賽，則可以讓參賽者化身為湯姆，在籬笆上肆意揮灑。

善良、勇敢和機智的象徵——湯姆．索耶

活潑好動、喜愛探險的湯姆，在童年生活中與朋友們經歷了無數有趣的、刺激的冒險事件，面對教會莊嚴禮節的束縛，或是學校裡老師的嚴格管束，都有自己的一套應變方式，他用他的頑皮、機智，自由自在地盡情玩耍和冒險，也用他特有的勇敢和聰慧解決困難和幫助他人。

美國郵票，湯姆粉刷圍籬一幕 *5

在故事〈真相大白〉那一章，作者對於善良的湯姆勇敢的表現，有十分精采生動的描繪。我們從湯姆身上看到，機智勇敢讓人激發出前進向善的強大動力：

波特的辯護律師開始發問：「湯姆．索耶，六月十七日午夜，你人在哪裡？」

湯姆看了一眼印江．喬，嚇得舌頭都打結了。他努力讓自己不看印江．喬那張冷酷無情的臉，然後小聲怯怯地說：「我在墓地！」

在律師的提問下，湯姆把那晚的細節一點一點地說了出來，包括他為什麼到了墓地，藏在什麼地方，看見怎樣的情景，以及那讓他心驚膽戰的一幕。湯姆漸漸克服了恐懼，愈說愈流暢。相反地，印江．喬臉上的表情卻從開始的一派輕鬆，逐漸轉變為大驚失色。旁聽席上的人們被湯姆講述的離奇故事深深吸引，一個個張大嘴巴……

湯姆在法庭作證，一八七六年版本插圖 *7

湯姆終於克服恐懼、戰勝矛盾的罪惡感，鼓起最大的勇氣挺身而出，替一個被冤枉的酒鬼伸冤舉證，檢舉真正的殺人犯時，大小讀者們是不是也覺得自己心中的那個正義使者的靈魂被湯姆喚醒了？

湯姆不合禮俗的舉動，看似永無止境的惡作劇，常惹得大人們生氣或傷心，卻往往在最艱困危險時，以臨危不亂的鎮靜和樂觀進取的性格化解危機，憑著冒險犯難的精神和充滿正義感的善良勇敢，解救無辜受害的人，這才是真正的英雄表現！

超越年齡、超越國界，獲得大小讀者共鳴的文學經典

這部小說以流暢明快的筆調，寫活了正值成長發育期的少年、渴望自由、熱情活潑的心靈。透過主角湯姆和同伴們的經歷，對當時美國虛偽庸俗的社會習俗、偽善的宗教儀式和刻板陳腐的學校教育進行了諷刺和批判。在續集《頑童歷險記》中除了延續探討這些議題之外，美國南北戰爭前黑奴自由的議題，更是貫穿全書的故事主軸。

《頑童歷險記》封面，法文版 *8

我們在閱讀百餘年前的這部經典文學作品時，亦可反思當今的社會對待公平正義是否有了轉變？現代的大人對待孩子有多了一些尊重嗎？現代的師長在看待學生行為有沒有什麼改變？大人們是否更多的傾聽與溝通去理解孩子的感受？這些思考，都是在閱讀本書時，很容易觸動心弦的疑惑、想法和提問。

小朋友在跟著湯姆一起展開冒險時，一定也會忍不住感同身受地反思自己的感覺、想法和問題！

第一章　頑皮搗蛋

「湯姆！」

沒人回應。

「湯姆！」

還是沒人回應。

「這個湯姆，到底跑到哪兒去了！」

老婦人把眼鏡往下拉，從眼鏡上面往屋裡環視一圈，然後又把眼鏡往上抬，從眼鏡下面往屋外瞧了瞧。其實，她鮮少使用眼鏡找像小孩這種「小東西」，這副眼鏡只是一種地位的象徵，裝飾價值大於實用價值，就算戴上兩片爐蓋她也能夠看清周邊的東西。但這回，她裡裡外外找了好久，還是沒有看到小外甥湯姆的身影。

老婦人顯得有些不知所措，便叫嚷起來，口氣不凶，但聲音大得足以讓整個屋裡的「家具」都聽見：

「要是讓我逮到你，我就……」

但是她沒把話說完，因為這會兒她正彎下腰，拿著掃帚往床底下揮舞，不時停下來喘口氣、歇一歇。但除了掃到一隻貓，她什麼也沒發現。

「我從沒見過這麼調皮的孩子！」

她走到門口，往院子裡的番茄藤架和曼陀羅花叢張望了一會兒，也沒有湯姆的蹤影。於是，她扯開嗓門朝遠處大喊：

「湯姆——湯姆——」

這時，從身後傳來輕微的腳步聲，她及時回頭，抓住湯姆的衣領。

「嘿！我早該想到你會躲在櫃子裡，你在裡面做什麼？」

「沒有啊！」

「沒有？看看你那雙手和你那張嘴，那是什麼？」

「我不知道，姨媽！」

「可是我知道，這是果醬，我跟你說過幾百次，如果你敢碰那些果醬，我就剝了你的皮。把藤條給我拿過來！」

藤條在空中迴旋，看來湯姆不免又要遭受皮肉之苦了。

「唉呀！波莉姨媽！你看後面，那是什麼？」

老婦人以為有危險，急忙撩起裙子，轉過身去。湯姆趁機拔腿就逃，迅速翻過高高的木板圍籬，一轉眼消失的無影無蹤。

波莉姨媽愣了一會兒，隨後忍不住笑了起來，「唉，湯姆這小子，我難道還沒吸取教訓嗎？他和我玩把戲不知多少次了，我竟然還不懂得提防。人老了，真是糊塗了！只是他的把戲從來沒有重複過，誰猜得到他要出什麼新招！唉，都是我的錯，沒有善盡管教的責任。所謂：『不打不成器』，我知道我太縱容他了，我也知道這對他不好。可他就是有本事拖延我手上的藤條，然後再想個法子惹我笑一笑，氣消後，我也就不忍心打他了。

「他有一肚子的鬼點子，但他是我那已過世姊姊的兒子，可憐的孩子，我實在不忍心打他。每一次饒了他，我的良心都會受到譴責；可是每一次打他，我又覺得於心不忍。好吧！今天下午如果他又逃學，明天我就罰他做點勞力活。在週六工作，雖然苛刻了點，因為其他孩子幾乎都放假在玩，而且他又最痛恨勞動，但是我必須盡點責任教導他，否則我就毀了這孩子。」

湯姆果真沒去上學。夏日午後漫長，開心吹著口哨的湯姆忽然停下腳步，因為他面前出現了一位陌生人——一個跟他差不多大的男孩。

在聖彼得堡這樣的小鎮裡，不管是男的、女的，還是老的、少的，只要是外來的人，一定會引起人們注意。而且今天不是星期日，那男孩卻穿得非常講究。他戴著別緻的帽子，穿著嶄新的上衣，脖子上還打了一個鮮豔的領結，一副都市人的派頭。湯姆越盯著他看，對方越顯得神氣，湯姆心理越覺得自己穿得寒酸。

他們就這樣盯著彼此，什麼話也沒說。一個挪動一步，另一個也跟著挪動一步，像是繞著圓圈，誰也不讓誰，對峙很久。最後湯姆先開了口，嗆了一句：

「我一拳就能打倒你！」

「來呀，有膽就來試試！」

「我就打給你看。」

「我看你就不敢。」

他們就這樣你來我往吵了一會兒，卻沒人真的動手。湯姆要求男孩說出自己的名字，男孩說什麼都不願意。兩人又沉默片刻，突然互相肩抵著肩，瞪著對方，湯姆威脅道：

「你滾吧！」

「你才滾吧！」

兩個人僵持不下，肩抵著肩用力推撞，可是誰都沒占到優勢。他們直鬥得滿臉通紅、汗流浹背才稍稍放鬆，卻仍謹慎地提防著對方。

湯姆用腳趾頭在地上畫了一道線，說：

「你敢跨過這條線，我就把你打趴在地上，讓你站不起來！」

對方毫不猶疑地跨過那道線，說：

「你不是說要打我嗎？有膽量你就打啊！」

「你不要逼我！」

「你不是說要動手嗎？怎麼還不動手呢？」

「你要是肯給兩個銅板，我馬上就動手。」

男孩馬上從口袋裡掏出兩個銅板，滿臉不屑地放在湯姆眼前，湯姆一把將銅板打落在地。剎那間，兩人已經在地上扭打成一團，像兩隻爭食的貓一樣，狠狠地用指甲抓對方臉、扯對方頭髮，揍對方鼻子。雙方打得渾身灰頭土臉。最後，誰勝誰敗逐漸分曉：湯姆威風凌凌跨坐在男孩身上，攥緊拳頭一拳又一拳，直到男孩嗚咽地求饒，湯姆才放開他。

「現在你知道我的厲害了吧！下次最好給我小心點，看你還敢不敢嘴硬。」新來的男孩站起來，哭哭啼啼地走開了，卻不時地回過頭，叫囂著：

「下次要是再遇到你，我就，我就……」

湯姆對此不屑一顧，轉過身準備離去，沒想到男孩突然撿起石頭，丟中他的背，然後拔腿就跑。湯姆追在後頭，一路追到男孩的家，站在人家大門口，不斷叫囂，要他出來打一架，但對方只是站在窗內朝他做鬼臉。最後，男孩的媽媽走出來，大罵湯姆是壞孩子，喝斥他離開。湯姆只好摸摸鼻子走了。

那天晚上湯姆很晚回家。他偷偷潛入家裡，不料還是被姨媽發現。波莉姨媽見他衣服邋遢不堪，想必又和其他小朋友打架，於是她下定決心禮拜六要罰湯姆做苦力活，不讓他出去玩。

星期六早晨來臨，夏季的大地明亮又清新，生意盎然。每個人心裡都蕩漾著一首愉快的歌，每個人的臉上都洋溢著喜悅的笑容，腳步輕盈。空氣中瀰漫著刺槐花盛開的芳香。小鎮後方的山坡，望眼所見一片蔥綠，既美麗動人又寧靜安詳，彷如一座仙境，令人神往。

湯姆一手提著一桶白漆，一手拿著一把長柄刷，出現在人行道上。他望著眼前的木板圍牆，三十碼長，九呎高，幾乎有半條街道長，愉悅的心情瞬間消失殆盡。湯姆沉重地嘆了一口氣，拿著長柄刷，沾上白漆，從圍牆的最頂端開始往下粉刷。一次又一次，周而復始。

湯姆看看眼前刷好的牆面，再看看一大片還沒刷的牆面，洩氣地坐在木箱上。就在這黯淡無助的時刻，湯姆忽然靈光乍現，想到一個聰明絕頂的好主意！

他拿起刷子，不動聲色地工作。不一會兒，貝恩．羅傑走了過來，跳躍著愉悅的步伐，啃著一個蘋果，不時發出發出「嗚——」長長的叫聲，隨後還「叮噹噹、叮噹噹」地學鈴聲響——他在假扮一艘蒸汽輪船！他減緩速度慢慢靠過來，身體傾向右舷，吃力、笨重地轉了船頭，使船逆風停下。他扮演的是「大密蘇里號」，想像自己航行在九呎高的海浪上。他一人分飾多角：是船、船長和引擎嗚笛聲，所以他必須想像自己站在頂層甲板上指揮，同時還要執行各種命令。

湯姆只顧著刷牆，沒有理會這艘船。

「嗨，湯姆在忙什麼啊？」貝恩．羅傑問道。

湯姆沒有回應，只是用藝術家的眼光欣賞著自己剛剛粉刷的那一處圍牆，接著又用刷子輕輕一抹，像剛才一樣審視著自己的「作品」。貝恩在他旁邊繞來繞去，湯姆好想吃他手中的那顆蘋果，但是他依然堅守他的崗位。

貝恩還是不肯放棄嘲弄湯姆，他說：「我要去游泳啦，你不想去嗎？還是你得工作？真是可憐！」

湯姆默默望了他幾眼，說：「你說什麼工作啊？」

「難道你不是在工作嗎？」湯姆繼續刷他的牆，蠻不在乎地回答：「這算不算工作，我不曉得，我只知道它很適合我。」

「哦！你不會說你喜歡這個工作吧？」

湯姆好像非常享受刷牆這件事。他對貝恩說：「我沒有理由不喜歡吧！你想想看，哪個男孩會有天天刷牆的機會。」

這個說法倒是很新鮮。湯姆悠哉地來回刷著油漆，每刷完一道，他就端詳成品的效果，這裡添添，那裏補補，然後對著自己的「大作」品頭論足一番。貝恩把這些全看在眼裡，越來越覺得有意思。他開始懇求湯姆把刷子讓給他，讓他試試看。

湯姆考慮了一下。眼看就要答應貝恩的要求，卻又改變心意：

「還是不要吧！波莉姨媽非常看重這面牆，希德想做，她都不讓他做呢！現在你就知道我身負重任了吧！如果讓你粉刷這面牆，出了什麼差錯……」

這番話更激起貝恩的興致，這回他非要刷牆不可了。他央求湯姆把刷牆的機會讓給他，他願意用一顆蘋果作為交換。

湯姆看似不情願地讓出刷子，其實樂在心裡。當這艘「大密蘇里號」在烈日下揮汗工作的時候，湯姆這個退休的藝術家則坐在一個有遮蔭的圓木桶上，大口地啃著他的蘋果。同時，他也一邊盤算著如何讓更多傻瓜來代替他刷牆。

像貝恩這樣的傻瓜倒是不少。起先，他們都想過來嘲笑湯姆一番，最後卻一個個留下來刷牆。當貝恩累得撐不下去時，湯姆早已跟下一個接手的人達成協議，讓他們都心甘情願地掏出一只完好無缺的風箏、十二顆彈珠、一把破口琴等有趣的東西，交換這珍貴的刷牆機會。就這樣，一整個下午過去了，湯姆不但收穫滿滿，還度過了一段悠閒自在的時光。而且圍牆整整被刷上了三層油漆，要不是油漆用完了，估計全鎮的小男孩都會破產。

湯姆心想這個世界其實也沒那麼無趣，他發現了人類一種很有趣的心態：只要某個東西難以獲得，人們一定更渴望擁有。所謂工作，不過是人們不得不去做的事；而所謂玩樂，也不過是人們樂意從事的活動。所以，踩水車是一種工作，而攀勃朗峰卻是一種玩樂！

在英國，夏季裡有錢人每天會駕著馬車走上二、三十哩，這項特權會花費他們許多錢，可若是你付錢給他們，這就不是娛樂而是強迫的工作，他們就不願意了。

湯姆踏著輕鬆瀟灑的腳步，回家向波莉姨媽交差去了。回到家，波莉姨媽正坐在一扇窗戶旁，邊織著毛衣邊打瞌睡，一隻貓酣睡在她膝上。湯姆叫醒姨媽，問她：「我現在可以出去玩了嗎？我已經把圍牆粉刷完畢！」

波莉姨媽不是很相信他說的話，決定親自去查看一趟。當她發現整面圍牆不僅刷過，而且還刷了一層又一層時，驚訝的差點說不出話來，「唉，真是怪事！簡直叫人不敢相信！」然後波莉姨媽難得地誇了湯姆幾句，便讓他出去玩了。

湯姆匆匆奔向鎮上廣場。他和好朋友喬．哈珀約定，各自帶領一支由孩子組成的「少年兵團」在這裡開戰。這兩位將軍都不會親自上陣，戰爭由手下的軍官和戰士去拼命。他們只須坐在高處，下令給隨從副官負責去指揮作戰。

經過一下午的激烈打鬥，湯姆的「軍隊」大獲全勝。雙方清點「陣亡」人數，交換俘虜，訂定停戰協議，約定下次「作戰」的日期，才各自回家。

當湯姆經過傑夫．柴契爾的家時，看見院子裡有一位新來的女孩：藍眼睛、長辮子、白色的夏裝，真是美麗！這位剛打了勝仗的英雄，沒開一槍就向這位新來的女孩繳械投降了；原本愛慕的艾咪．勞倫斯，也瞬間從心中消失，不留一點痕跡。

他原以為自己愛艾咪愛得發狂，為了獲取她的歡心，他費了好幾個月的工夫追求她。可是她答應當他女朋友還不到一個星期，那短短的七天內他曾是世上最幸福的男生，但此時此刻，她已經是個匆匆過客，從湯姆心中消失得無影無蹤了。

湯姆默默注視著這位新天使，直到她發現自己。然後，他假裝不知道她在場似的，開始耍出各種可笑的小把戲，企圖贏得她的芳心。這些愚蠢的動作持續一陣子，幾個高難度的危險動作做到一半，湯姆突然望見小女孩往家裡走去。他感到一陣洩氣，攀靠在籬笆邊，望著女孩的背影，傷心地希望她再多逗留一會兒。不久，那女孩果然停下腳步，在階梯上停留了片刻，然後又繼續往屋裡走，就在她進屋前的那一瞬間，拋了一朵三色堇出來，落在柵欄邊。

湯姆高興極了。他拾起一根乾草，放在鼻子上，仰著頭竭力保持它的平衡，慢慢地向三色堇的方向挪動過去。最後，他伸出腳趾，靈巧地將花朵牢牢夾住，沒多久他就把這朵花別在衣服內側，在籬笆外流連，直到天黑才走回家。

整個晚上，他一直情緒高昂。吃晚餐時，他想趁機偷糖吃，被波莉姨媽發現，挨了一頓罵：「我一不留神，你就偷糖吃。你看希德可不像你！」

說完這句話，姨媽轉身進了廚房。希德得意洋洋地伸手偷偷拿糖吃，不料一不小心把糖罐摔碎了。這下輪到湯姆幸災樂禍了，但他刻意默不作聲，要等姨媽回來開口問，再跟她告狀。波莉姨媽回來了，兩眼盯著地上的破罐子，怒火中燒，二話不說就要動手處罰湯姆。湯姆大吃一驚，大聲叫道：「姨媽，你為什麼要打我？罐子是希德打碎的！」

波莉姨媽突然停住手，有點遲疑，此時湯姆非常渴望姨媽能向他道歉，不料姨媽卻大聲說：「好吧！你沒有，不過我想你也沒有冤枉。你曾經在我不在時，做了一些大膽的惡作劇，這就當作是對你以前錯誤行為的處罰吧。」

其實波莉姨媽心裡有些愧疚，想說一些溫柔安慰的話，但是如此一來，就等於承認自己剛才的錯，所以她只好保持沉默，內心不安地忙這忙那。

湯姆在角落裡生著悶氣，其實他知道，姨媽心裡很過意不去，他知道有雙關注的眼神時常向他望來，那雙眼睛泛著淚光，但他一聲不吭，假裝沒發現。他沉浸在自艾自憐的哀傷中。所以當他的表姊在闊別家人一星期後，歡天喜地從大門進來時，湯姆卻難過地從後門默默離開了。

湯姆沒有到平常玩樂的地方，他想找個能襯托他此刻心境的孤獨角落。於是他遊蕩到了河邊，獨自坐在木筏上，凝望著寬闊的河面沉思。然後，他想起那朵花，可是從衣服裡拿出來的花已經枯萎了，更增添了幾分他心裡的憂傷。不知道女孩如果知道他的事，會不會同情他，還是會冷漠地掉頭不管呢？

這種想像帶給他一種苦中帶甜的滋味，於是，他在腦海裡一遍又一遍地重複著這種幻想，直到索然無味為止。最後，他終於嘆息著站起身離去。夜幕低垂，他沿著無人的街道，來到了那座院子外面，二樓窗口上有燭光搖曳，莫非那女孩就在那兒？他爬過圍籬，穿過樹叢，來到窗下，抬頭含情脈脈望了好久，然後就地躺在草地上，雙手合握在胸前，手中拿著那朵枯萎的花。心想：當美好的清晨來臨，她往窗外一看，就會看到我的存在。

此時，窗戶突然打開，一位女僕破壞了這神聖的寧靜，一桶水「嘩啦啦」倒了下來，湯姆頓時變成了落湯雞，還差點窒息！他從地上一躍而起，跳過籬笆，在幽暗的夜色中飛奔而去。

第二章　大出風頭

旭日東昇，和煦的陽光照耀著寧靜安詳的村莊。用完早餐，波莉姨媽帶著孩子們做家庭禮拜，引用了《聖經》中的禱詞，再加入一點她自己的詮釋。

然後，湯姆拿出全副精神開始背誦聖經。他選了〈登山寶訓〉的五節經文，因為他找不到更短的了。近半小時後，湯姆還是記不住經文，因為他的心已不知飛去哪裡，兩手忙著東摸西摸的。

表姊瑪麗拿走他的書，要他把經文背一次，湯姆從模糊的記憶中拼拼湊湊地背道：「有福的是那……窮人……對，貧窮的人有福了，因為……因為天國是他們的……哀慟的人有福了，因為……」

「湯姆，到底應該是什麼？」

「嗯，哀慟的人有福了，因為他們……他們……瑪麗，你直接告訴我吧！」

「唉，湯姆，不是我愛捉弄你，我不能幫你，你得自己背出來，不要氣餒，你一定可以的，如果你背熟了，我送你一樣好東西。」

在好奇心和好東西的雙重誘惑下，湯姆重新振作精神，再接再厲，總算成功把經文背起來。瑪麗送了他一把全新的巴露刀。這把摺刀在孩子眼裡可是了不起的好東西，湯姆欣喜若狂，抓起小刀就在櫥櫃上胡亂刻畫，當他正想打桌子主意時，就聽見瑪麗要他去梳洗，準備上主日學。

「湯姆，今天是禮拜天，你一定要把手臉都好好洗乾淨！」

瑪麗端來一盆水，連肥皂也拿來了。可是，湯姆把肥皂沾了水，又把它放回原位，然後悄悄地把水倒掉，只拿毛巾使勁地擦臉。

「嘿，你不害臊嗎？湯姆！水又不會咬你。」

瑪麗又重新給他端來一盆水，讓他梳洗完畢。然後她幫湯姆穿上西裝，把排扣扣得整整齊齊，再戴上一頂草帽，還有一雙擦得光亮的皮鞋。

準備就緒，瑪麗帶著湯姆和希德一起去上主日學。湯姆對於上主日學這件事，最感到厭煩；但是，希德和瑪麗卻非常喜歡。

主日學的課從九點上到十點半，接著便會做禮拜。瑪麗與希德總會自動留下來聽牧師講道，湯姆也會留下，不過他卻別有居心。這座教堂有點簡陋，屋頂是用松木板搭成的尖塔，座位椅背很高，沒有座墊，大約可以容納三百人。

湯姆刻意落後兩人一步，在教堂門口，與同樣衣著整齊的玩伴打招呼，拿出袋子裡的寶貝和他們交換各種顏色的獎勵卡。

「比爾，你有黃色卡嗎？一塊糖，外加一個釣魚鉤跟你換。」

「東西呢？」

湯姆拿出糖和魚鉤給比爾看，比爾很滿意，於是雙方交易成功。接著湯姆又用兩塊白石頭換了三張紅色卡，還用別的小玩意換了兩張藍色卡。當其他孩子走過來，準備上主日學時，湯姆也都會把他們攔住，一個個跟對方換取各種顏色的獎勵卡。十幾分鐘後，湯姆才和一群吵吵嚷嚷的同學一起走進教堂。

湯姆這一班都是調皮搗蛋的學生，沒有一刻能夠安靜，他們的老師——華爾德先生——是個態度嚴肅、上了年紀的人，對於這些頑皮的孩子簡直束手無策。他們背誦經文時，沒有一個人能完整背誦，總需要別人從旁提示。但大家都還是能勉強過關，每個人都能得到一張藍色卡。

每一張藍色獎勵卡上都印有一段經文，想獲得一張藍色卡，就得背熟兩節經文。集滿十張藍色卡可以兌換一張紅色卡，十張紅色卡就可以換取一張黃色卡。累積了十張黃色卡，校長就會頒發一本《聖經》。想拿到這樣一份獎品，總共需背誦兩千多節經文。瑪麗就是這樣獲得了兩本《聖經》，是她辛苦了兩年的代價。

湯姆對於獎品可能沒有太大的興趣，但是他很渴望獲獎的榮耀與風光，因為每次頒獎，都是一場盛重、令人欽羨的表揚儀式。

校長華特爾先生走上臺，說起千遍一律的開場白：「孩子們，現在我要你們都端端正正地坐好……聚集在這裡學習正當的行為和優良的品德……」但沒多久就被一陣騷動中斷了，因為鎮上的名律師傑夫．柴契爾，正領著一位胖胖的中年紳士、一位貴夫人和一位女孩進來。湯姆暗自驚喜，她不就是那位丟花給他的女孩嗎？

湯姆原本一直坐立難安，他不但煩惱焦躁，而且良心不安。他不敢正視艾咪，無法承受她含情脈脈的樣子。可是，當他一看見這位新來的女孩，心中立刻燃起幸福的火焰。他使出渾身解數，又扮鬼臉，又跟男孩們打鬧，希望引起女孩的注意。

幾位訪客被請上貴賓席就坐，校長向大家介紹他們，原來女孩的爸爸是柴契爾法官，也是這位名律師的哥哥。孩子們開始竊竊私語騷動了起來，因為在他們眼裡，法官是個了不起的大人物，誰要是能跟他握上手，也算大出了一次風頭。

校長宣布，接下來要頒發《聖經》。有幾個認真的孩子手上都有黃色獎勵卡，但是數量都不夠。這時，湯姆卻拿著九張黃色卡、九張紅色卡、十張藍色卡走上前，請求換取一本《聖經》。華特爾先生大吃一驚，他怎麼也沒想到要求領獎的竟是湯姆。於是，湯姆很榮幸地被請上臺與法官站在一起，瞬間成了一個英雄。這大概是十年來最讓人震驚和意外的事情，因此全場為之轟動；而那些把獎勵卡換給湯姆的孩子們，更是懊悔不已，忌妒得咬牙切齒。

校長雖然覺得難以置信，還是盡量展露笑容，說了一些讚美的話。只是聽得出來帶了幾分遲疑。畢竟，誰會相信這調皮的男孩能背誦兩千節的經文呢？

看見湯姆領獎，艾咪既高興又驕傲，她想讓湯姆知道，可是湯姆完全不看她一眼。這是怎麼回事？她仔細觀察了湯姆一會兒，發現他一直在偷瞄那女孩。艾咪這才恍然大悟。她感到心碎，而且充滿嫉妒與憤怒。

校長把湯姆介紹給法官大人，湯姆緊張得舌頭打結，喘不過氣，心臟跳得很厲害。一方面因為法官是位大人物，另一方面因為他是那女孩的父親。法官將手放在湯姆的頭上，稱讚他是個好孩子，問他叫什麼名字。

「湯姆。噢，不對，不是湯姆。是湯瑪斯，先生！」

「你真是個好孩子！兩千節經文，非常不容易。你花了那麼多精力背誦這些經文，會使自己終身受益的。知識是無價的寶藏，它能幫助你成為一位好人，一位偉人。湯瑪斯，有一天當你功成名就時，你會說，這一切都要歸功於主日學，感謝老師的教導，校長的鼓勵和督促，還給了你一本漂亮的《聖經》。你要永遠保留！」

法官繼續說：「現在把你學過的內容說給我和夫人聽聽，我想，你肯定知道十二門徒的名字，你可以告訴我，最早跟隨耶穌的兩位門徒是誰？」

只見湯姆滿臉通紅，目光下垂，手指撥弄著鈕扣；校長的心也隨之一沉。最後湯姆脫口說出：「大衛和哥利亞！」看來這戲演不下去了……

大約十點半，教堂的鐘敲響，大人們隨即聚集來聽牧師講道。剛上完主日學的孩子們各自坐在自己父母身邊，湯姆、希德和瑪麗跟著波莉姨媽坐下。窗外是吸引人的夏日，為了防止湯姆眺望遠處不專心，姨媽把他安排在靠近走道的位置。

當鐘聲再度響起，教堂裡一片寂靜，顯得十分莊重。牧師開始朗誦詩歌的歌詞，他的音調充滿抑揚頓挫，很是美妙悅耳。帶領大家唱完詩歌後，牧師接著進行禱告：他為教堂和裡面的孩子們祈禱；為漂泊在海上遭遇狂風暴雨的可憐水手們求福；為被迫在君主和帝王制度鐵蹄下呻吟的勞苦大眾求福……

湯姆越來越坐立難安。這時，有一隻蒼蠅飛過來停在他前面的座椅靠背上，不慌不忙地搓著腿，伸出前臂抱住頭，使勁地擦著腦袋，用後腿撥弄翅膀，把翅膀

向身上拉平，好像一件禮服的後擺；牠逍遙自在地在那兒做著全套梳妝打扮的動作。湯姆伸出兩隻手慢慢移過去想抓住牠，卻忽然想到，在禱告的時候做這種事，他的靈魂肯定無法上天堂，於是又趕緊把手縮了回去。

當牧師開始講道時，湯姆再次陷入苦惱。此時，他突然想起了一個寶貝。湯姆從袋子裡摸出一個小盒子，放出一隻黑色大甲蟲。這隻甲蟲長了一對特別大的下顎，所以湯姆給它取名叫「老虎鉗甲蟲」。甲蟲剛爬出盒子就把湯姆的手指狠狠地咬了一口，湯姆痛得大力甩了一下指頭，把甲蟲甩得遠遠的。甲蟲仰面朝天落在走道地板上，幾條腿奮力地掙扎著，卻翻不了身。湯姆眼巴巴地看著牠，很想把牠抓回來，但距離太遠，沒辦法伸手。

這時，一隻白色的小狗懶洋洋地走過來，看見了這隻甲蟲。頓時，小狗下垂的尾巴突然高高地翹起。牠仔細端詳著甲蟲，用鼻子聞了聞，繞著甲蟲轉圈圈，張開嘴想嚐嚐甲蟲的滋味，又不知從何下口。轉了很久，小狗累了，蹲坐下來趴在甲蟲面前。就在牠垂下腦袋的瞬間，甲蟲伸出鉗子夾住牠的鼻子。「汪！」小狗大叫一聲，用力把頭一甩，竟然把甲蟲彈出幾呎之外。甲蟲再一次背部著地。

小狗澈底清醒了，心中升起怨氣，一次又一次撲向甲蟲，卻始終不敢靠近。不一會兒，小狗覺得累了，轉而追著一隻蒼蠅，完全忘記甲蟲的存在；等蒼蠅飛走，小狗一屁股坐下來，壓在了甲蟲身上，只聽見一陣哀號，小狗在走道上狂奔，從講台上穿越整個教堂大廳，跑得越快痛楚越深，簡直成了一個毛茸茸的彗星。小狗最後跑進了主人的懷抱，主人將牠帶到外面，這才停止哀嚎。

鬧劇結束，牧師又接著講道，但下面座位上不時會傳來笑聲，大家都因拼命忍住不笑而憋得滿臉通紅。等人們終於結束受難，牧師給大家祝福的時候，全場都不免感到一陣輕鬆。湯姆心想：若每次做禮拜時都能發生一些好玩的事，就不會無聊了。美中不足的是，他願意讓那隻狗和甲蟲玩玩，可是牠竟帶著甲蟲跑了！

很快的禮拜一又來臨了。這天早晨是湯姆最痛苦的時候，因為漫長難熬的一個星期又開始了。他寧願中間沒有隔著休息日，這一天之後再回到學校更令人難受。

湯姆躺在床上翻來覆去，心想如果自己生病，就能待在家裡不用上學了。於是他動起歪腦筋，開始不停地哀嚎，佯裝自己的腳趾頭紅腫發炎，痛得要人命。

湯姆的呻吟驚醒了希德。希德被湯姆精湛的表演騙了，穿起衣服就跑出房間。飛快地跑下樓大聲叫道：「波莉姨媽快來呀！湯姆快死了！」

波莉姨媽大步跑上樓，來到湯姆床邊，喘著氣說：「湯姆，湯姆，你怎麼啦？」

「我……我……我的腳趾頭生瘡了。」湯姆皺著眉頭說。

波莉姨媽一屁股坐在椅子上，笑了一會，又哭了一陣，然後又連哭帶笑。等到她終於恢復了常態後，她說：「湯姆，不要再胡說了，快起床上學去！」

湯姆還是不甘心：「波莉姨媽，我的腳趾真很痛，痛到我忘記了牙痛。」

「唉，你的牙齒又怎麼了？」

「有一顆牙在搖，真是痛得要命！」

「好，別再叫了，我看看，張開嘴巴，這顆牙恐怕要掉了。瑪麗，幫我拿一條絲線，再從廚房裡拿一塊燒紅的炭來。」

這下換湯姆求饒了：「姨媽，求求你別給我拔牙，現在已經不痛了。我再也不會裝病翹課了，真的！」波莉姨媽可不吃湯姆這套，她用絲線套住湯姆那顆在搖的牙齒，拿起燒紅的炭塊，突然朝湯姆臉面伸過去，嚇得湯姆用力地把頭縮了一下，那顆鬆動的牙瞬間就被拔了下來。最後湯姆還是不情願地去上學了。

路上，湯姆碰見了哈克。（他的本名叫做「哈克貝利．費恩」，但大家幾乎都只叫他「哈克」。）哈克是鎮上一個酒鬼的兒子，是個遊手好閒的野孩子。他不上學，不做禮拜，也不必聽誰的話。全鎮所有的媽媽都不准自己的孩子跟他往來，可是孩子們卻都非常崇拜他，嚮往他那樣的生活。湯姆也不例外。

湯姆停下來和哈克聊天。哈克立即向湯姆展示他手中的一隻死貓，並告訴他，今夜想到墓地試驗，死貓是不是真的可以用來治病。於是，湯姆和哈克約定好今夜一起到墓地，互相以貓叫聲作為暗號。兩個男孩就此告別。

湯姆來到學校時，已經開始上課了，老師正坐在高高的扶手椅上，聽著催眠的朗讀聲，打著瞌睡。湯姆趁機輕手輕腳地溜進教室，希望老師沒有發現他，不幸地還是驚動了老師。

「湯姆．索耶！」

「有！」一聽見老師叫他的全名，湯姆便知道自己遇到了麻煩。

「你今天為什麼又遲到？」老師生氣地問。

湯姆原本想撒謊來蒙混過關，忽然他看見背上垂著兩條金髮長辮的一位女孩，這不正是前幾天拋花給他的美麗女孩嗎？她的身邊恰好有一個空位，是專門為不守規矩的男孩所保留。於是湯姆立刻回答道：「我在路上停下來跟哈克聊天！」

老師生氣地又問了一遍：「你說什麼？」

「我在路上停下來跟哈克聊天。」

老師還是頭一次聽到湯姆這麼坦白。他氣急敗壞地責罰湯姆，並罰他坐到女孩旁邊去。雖然場面有些難堪，湯姆卻不以為意。他高高興興地坐下來，趁其他同學不注意，從口袋裡掏了一顆桃子出來，放在女孩的桌上。女孩推開桃子，湯姆又推了回去。這樣來回了幾次，湯姆對女孩說：「請你嚐嚐，我還有呢。」女孩不再把桃子推回來，卻也沒有收下。湯姆又想了個主意，刻意用左手擋住寫字板，故作神祕地在上面畫著東西。

這回輪到女孩有些好奇了。她央求湯姆給她看一看畫的是什麼，湯姆卻偏不給她看。女孩求了他好久，湯姆才半遮半掩的給她看：上面畫了一間鄉村小屋，煙囪裡冒出一道彎彎曲曲的炊煙。橢圓形的月亮伸出一雙手，其中一隻手還拿著一把扇子。女孩稱讚湯姆畫得好，湯姆也答應中午留下來教她畫。

湯姆再一次遮住自己的寫字板，在上面塗鴉。這一回，無論女孩怎麼央求，湯姆都不給她看了。女孩急了，她伸出手，按住湯姆的手臂。兩個人搶了一會兒，湯姆的手才一點一點從寫字板上移開，露出幾個字：「我喜歡你。」女孩瞬間臉紅了。

就在這時，他們倆的動作還是驚動了老師。於是，老師先處罰湯姆之後，命令他坐回自己的原位。同學們都大聲地嘲笑著，但是湯姆卻暗自得意。因為他已經知道那個女孩的名字，她叫貝琪．柴契爾。

中午休息時間，湯姆跑去找貝琪，叫她先假裝離開學校，再從一條小巷偷偷繞回來，回到學校與他會合。貝琪照做了。在空無一人的校園裡，湯姆握著貝琪的手教她畫畫，當他們對畫畫漸漸失去興趣時，就開始聊天。此時，湯姆沉浸在幸福之中，他對貝琪說：

「我打算長大後到馬戲團當小丑。」

「啊，真的嗎？那很不錯。小丑總是非常受大家歡迎呢。」

「是的，一點也沒錯。他們一天賺一塊。貝琪，你訂過婚嗎？」

「什麼是訂婚？」

「就是你跟一個男孩承諾，你永遠愛著他，永遠不會變心，然後親吻他。」

貝琪羞澀地說：「還是等下回吧。」

湯姆不答應：「現在就說，貝琪。」就在貝琪害羞低頭的時候，湯姆已經在她耳邊說了那幾個字。然後他又說：「現在該你對我說了。」

貝琪執意不肯，但是在湯姆的堅持下，她怯生生地彎下身子，在湯姆耳邊輕輕地說出了幾個字：「我喜歡你。」說完她就滿臉通紅地跑開了。

湯姆又跑過去懇求她：「貝琪，我們還要親一下。」

貝琪拗不過湯姆的固執，順從湯姆的意願。湯姆親了親她那紅潤的嘴唇，開始得意起來，隨口說了一句：「我真開心，我跟艾咪·勞倫斯以前……」

貝琪睜大了雙眼望著他，湯姆這才發現自己已鑄成大錯，於是他住了口，有點不知所措。湯姆想要安慰貝琪，但她卻不聽，乾脆掉頭對著牆大哭起來。湯姆掏出他非常寶貝的一隻銅把手，舉到貝琪面前，對她說：「貝琪，我把這個送給你，你別哭了好嗎？」貝琪卻氣呼呼地一把將銅把手打落在地。湯姆非常生氣，立刻拔腿跑出校門，等貝琪反應過來喊他回來的時候，他早已不見人影。

第三章　快樂探險隊

湯姆失望地走進一片茂密的樹林，坐在青苔地上鬱鬱寡歡地沉思著。中午的悶熱，令人窒息，連樹上的鳥兒都停止了歌唱。這孤寂的氛圍正吻合此刻他的情緒：他把自己最好的東西送給貝琪，她竟然看都不看一眼！

於是他暗自下定決心，要成為一個了不起的人。對！當一名海盜，他將揚名天下，神氣地回到故鄉，讓所有人羨慕得兩眼直發呆。走著瞧吧！

沒錯，他的計劃就這麼決定了，他要離家出走，展開海盜生涯！明天就要啟程，現在就要開始做準備。

就在這時，林間小路上隱隱約約傳來一聲錫皮玩具喇叭聲。湯姆迅速從灌木叢中找出一把簡陋弓箭、一把木片劍和一支錫皮喇叭。片刻之間他就抓著這些東西，吹了一聲喇叭作為回應，然後踮著腳東張西望，對著想像中的同伴說：

「好漢們！趕快隱藏起來，直到我吹起號角。」

這時，喬．哈珀出現了。他和湯姆一樣，一身輕裝上陣，但武裝齊備。

「站住，來者何人，未經許可，竟敢闖進森林？」

「我乃吉斯博恩爵士，無需任何人的批准。你是何人？膽敢……膽敢……」

「膽敢口出狂言！」湯姆給哈珀提詞，因為他們全是憑記憶背下這些台詞。

「我乃羅賓漢是也，你這卑劣的傢伙馬上就會知道我的厲害！」

「這麼說來，你真的是那位大名鼎鼎的羅賓漢，我正想與你較量，看誰能在這片林子發號施令。放馬過來吧！」

他們各持一把木劍，把身上的其它武器全丟在地上，兩人腳尖對腳尖，擺出擊劍的姿態，開始一場戰鬥。他們繼續玩著角色扮演的遊戲，結束後兩個男孩換好衣服，藏好那些配備，邊走邊傷心地說：「現在已經沒有綠林大盜了，真不知道現代文明拿什麼來補償我們的損失。」

晚上九點半，湯姆和希德一如往常上床睡覺。希德很快睡著了，但湯姆沒有睡，也不耐煩地等著，等了好久，才過了十點。他翻來覆去，最後只好躺在床上，兩眼盯著漆黑的夜空。

萬籟俱靜，但很快地原本小到快聽不見的雜音開始越變越大，牆上掛鐘的滴答聲、老舊橫樑的龜裂聲、波莉姨媽的鼾聲、蟋蟀叫聲和更遠的狗吠聲互相回應。

午夜時分，湯姆開始打起瞌睡，窗外突然傳來一聲聲貓叫聲，一個鄰居打開窗戶，咒罵了一聲：「滾，你這惡貓！」使湯姆完全清醒過來。他很快穿好衣服，從窗戶出來，爬行在屋頂上。他一邊爬，一邊小心謹慎地「喵」了一、兩聲，然後縱身一跳，上了木棚小屋，再跳到地上。

哈克早已在他們約定的地方等候，手裡還拿著那隻死貓。接著，兩個孩子一起消失在黑暗中。半個小時後，他倆就穿行在墓地的深草叢中。

這座墳場坐落在離村莊約一哩半的山丘上，墳場的圍籬相當雜亂，有的向內，有的向外。整片墓地雜草叢生，沒有一塊墓碑是完好的。深夜的墓地籠罩在一片神祕的氣氛之中。一陣微風掃過樹頂，湯姆覺得那是亡魂的聲音，受到打擾而不安分。不久，他們找到了想找的那個霍斯．威廉的新墳，就在距墳墓幾呎的三棵大榆樹下，藉樹蔭掩護席地而坐。他們靜靜地等了似乎很長一段時間，除了遠處貓頭鷹的叫聲外，周圍是一片死寂。湯姆越來越心慌難耐。

「這裡真是靜得可怕，是不是？」哈克說。

「太安靜了！」

一陣很長的沉默後，湯姆又小聲地說：

「喂！哈克，你想老霍斯聽得見我們說話嗎？」

「當然啦！至少他的靈魂聽得見。」

他們的談話又終止了，湯姆不敢說話，心想霍斯．威廉的鬼魂是否會聽到，而認為他們很壞。突然，湯姆抓住哈克的手臂說道：

「噓！來了，你快聽！」

「哦！天啊！湯姆，他們來了，他們來了，真的！我們該怎麼辦？」

「啊！不要害怕。我想他們不會來找我們。我們又沒做壞事。我們只要乖乖不動，也許他們根本不會發現我們。」

就在這時，黑暗中走來幾個模糊的身影。湯姆和哈克嚇得趕緊俯下身子，在草叢中屏住呼吸。那幾個人影漸漸走近，還伴隨著說話聲，其中一個人提著舊式錫燈，燈光搖曳在地面上。湯姆和哈克聽出來了，他們是人，一共三個人，一個是殺人如麻的印江．喬，一個是酒鬼莫夫．波特，還有一個是年輕的魯賓遜醫生。

波特和印江．喬推著一輛手推車，車上放了一條繩子和兩把鐵鍬。他們把工具拿下來，開始挖霍斯．威廉的墓，醫生則將提燈放在墓前，自己靠著一棵榆樹坐下，就在湯姆和哈克伸手可及的地方。

「動作快點！」他低聲地說，「月亮可能隨時會出來。」

印江．喬和波特繼續挖墓，有一段時間，只能聽到他們把一鏟又一鏟泥土和碎石拋出來的聲響。湯姆小聲地問哈克：

「他們在做什麼？」

「盜墓。醫生有時會使用屍體來做一些實驗和研究，但是他們真是不該這樣做。」哈克用顫抖的聲音回答。

最後鐵鍬碰到棺材，不一會兒波特和印江．喬就從裡面抬出一具屍體，放在手推車上，蓋上布，再用繩子固定好。然後印江．喬突然對魯賓遜醫生說：

「這些該死的事情都搞定了，醫生，你得再給我五塊錢，如果你想把屍體運到別處的話。」

「我們已經談好一個價碼，而且我已經付錢了！」魯賓遜醫生生氣地說。

「不錯，不過我們的帳，還不止這些。」印江．喬怒吼著：「五年前我到你家討點東西吃，你竟然把我趕走！你父親甚至把我當無業遊民關進監獄，你以為我會這樣就忘了嗎？我身上印地安人的血可不是白流的。現在你落在我手裡，這筆帳該要怎麼算，你應該很清楚！」

這時，印江・喬握緊拳頭靠在臉上威脅著醫生。醫生突然猛擊一拳將印江・喬打倒在地，波特扔下了刀，大喊：

「喂！別打我的夥伴！」一轉眼間，波特和醫生扭打在一起，醫生抓起霍斯・威廉的墓碑把波特打倒在地。

看到這幅可怕的景象，兩個深受驚嚇的孩子立刻拔腿在黑暗中飛奔而去。

印江・喬迅速從地上爬起來，拾起波特的刀刺進醫生的胸膛，醫生踉蹌地倒在波特身上，死了！

不久，月光浮現，印江・喬注視著他們，喃喃唸道：「這筆帳總算是清了！」印江・喬把醫生洗劫一空，拿走了他的手錶和皮夾。接著，他拔出兇刀，把刀放在昏迷中的波特手上。

波特醒過來，看見倒在地上的魯賓遜醫生，又看見自己手上的刀子，嚇得不知所措，「今天晚上真不應該喝酒，我到現在還神智

不清。印江．喬，你老實告訴我，我是不是真的殺人了？我是無心的，我從來沒想過要殺他。他還那麼年輕！告訴我，事情是怎樣發生的？」

「你們兩人扭打在一起，他拿了一塊墓碑砸你，你就倒下了。過沒多久你站了起來，滿身是血，腳步也站不穩，就在他拿起墓碑準備再次砸向你的時候，你握著刀子狠狠地刺下去，然後你也倒地不起，直到現在才甦醒。」

「啊，我不知道自己做了什麼？我這輩子從沒有用過武器啊！」可憐的波特跪下來，握著印江．喬的手懇求著：「別說出去！我相信你不會說出去的，對吧，印江．喬？」

「你一直是我的好夥伴，」印江．喬回答：「所以，我會替你保守祕密。」

「哦！喬，這輩子我都會感謝你的。」說完，波特就大哭了起來。心慌意亂撇下手中的刀，飛也似地跑了。

「波特現在心頭紛亂，不會想到那把兇刀還留在現場，不過我料他應該沒膽量回來拿！」印江．喬說著，沒幾分鐘，他也離開了。

現在除了月光照耀，被殺的人、蓋著布的屍體、沒有蓋子的棺木、被挖開的墳墓，所有的一切，再次陷入死寂。

湯姆和哈克往鎮上飛奔，害怕得說不出話來，邊跑還邊回頭看，像是害怕被人跟蹤。一路上出現的樹樁、狗吠都讓他們嚇得加快腳步，直到到達製革廠，他們才敢大聲喘氣。

湯姆低聲說：「哈克，你想這事結局會怎麼樣？」

「如果魯賓遜醫生死了，我想他們會判兇手死刑。」

湯姆想了一會兒，然後說：「誰會去告密呢？我們嗎？」

「你說什麼？萬一出了什麼差錯，印江．喬逃過了死刑，他一定會想辦法除掉我們，絕對會這樣的。還是讓莫夫．波特自己說吧！」

「哈克，莫夫．波特打死都不會說的，因為他根本不知道到底發生什麼事，印江．喬殺人的時候，他還昏迷不醒啊！」

「你說的對，湯姆！」

兩人又沉默了一會兒，湯姆才又說：

「哈克，你確定自己可以保密嗎？」

「湯姆，我們一定得保密啊！否則印江．喬要對付我們，就像淹死兩隻小貓一樣容易。我們要互相發誓，一定要守口如瓶！」

「這樣做再好不過了。哈克，我們就握握手，然後發誓我們……」

「哦！不，這樣是不夠的。發這種重大的誓言，就應該要寫下來，而且要用自己的血簽名。」哈克認為。

湯姆對這個提議大表讚同，他拾起一片乾淨的松木片，攤在月光下，又從口袋裡拿出一小塊紅粉筆。用力地慢慢寫，他潦草地寫出幾行字。

接著湯姆就從口袋裡拿出一根針，在兩人的大拇指上刺了一下，擠出一滴血。湯姆就用他的小指頭的指腹，簽下他名字的縮寫。然後教哈克如何寫下Ｈ和Ｆ兩個英文字母，因為他沒學過寫字。

「湯姆，這會讓我們永遠保密嗎？」

「我想會的。」

之後，他們便各自回家。湯姆從窗戶爬回臥室時，天已經快亮了。他輕手輕腳脫去衣服，睡下的時候，暗自慶幸自己出去沒被人發覺，卻沒注意希德其實是假裝睡覺，他早已發現這一切。當他一覺醒來時，弟弟已經不在屋裡，上學的時間也早已過了。他在想波莉姨媽怎麼沒來叫醒他？

樓下家人都吃過早餐，湯姆覺得身體又痠痛又睏，餐桌上的沉默使他心中掃過一陣涼意。沒有人責怪他，只是用責難的眼神望著他。

最後湯姆被姨媽叫到一旁，姨媽悲痛地哭泣，問他為什麼如此不聽話，傷透她的心。聽到她的問題，湯姆的心比身體更痛。他也哭了，求姨媽原諒他，一再答應會改過自新。他的心難過到，竟然忘了生希德的氣，但是，湯姆心裡知道一定是希德告訴姨媽他半夜離家。

經歷了目擊兇殺案的折磨，再回想著波莉姨媽的淚水，湯姆帶著沉重的心情來到學校。而這時候又收到貝琪送還他的銅把手，更猶如雪上加霜。在這麼多事件的輪番衝擊下，湯姆覺得自己的心已經接近崩潰，不禁一直唉聲歎氣。

接近中午時分，魯賓遜醫生被殺的消息已經傳遍全鎮，所有人都非常震驚。杜賓老師決定讓學生們放半天假，因為一想到昨晚的慘案，沒人還有心情做其他事。

據傳聞，莫夫·波特那把沾滿血跡的刀在魯賓遜醫生的身邊被人發現。而且，有人說凌晨兩點左右，他看見波特在河邊鬼鬼祟祟，一見有人來立刻起身跑掉。鎮上的人已經全力展開追捕，相信天黑前就會逮到這個「殺人犯」。

鎮上居民紛紛湧向墓地，湯姆也來到命案現場。他擠過人群來到前排，看見死者的慘狀，心中升起愧疚感。這時有人在他手臂上擰了一下，他轉身發現是哈克。

「可憐的傢伙，年紀輕輕的就死了！」有人說著。

「這可以給盜墓者一個教訓！」另一人插嘴。

湯姆環顧人群，看見印江．喬不動聲色地站在其中，嚇得他心跳幾乎停止。這時人群突然騷動起來，有人大叫：「就是他，莫夫．波特！千萬別讓他跑了！」

莫夫．波特被逮到了。他一臉憔悴，眼神充滿恐懼，來到死者身旁，忍不住全身劇烈顫抖，掩面痛哭了起來。

「各位，我沒有殺他！」他抽泣著，「我發誓，我絕對沒有做這件事。」

「這是不是你的刀？」警長問，他把那把刀亮在波特眼前。

波特近乎絕望地跌坐在地上，恍惚地說：「我就是有種感覺，要是不回來拿……」他可憐地抬起頭，在看見印．喬時彷彿見到一線曙光，他大聲喊道：「印江．喬，你快把真相告訴他們啊！」

印江．喬面不改色，滔滔不絕地說出自己捏造的謊言。他告訴大家，波特和魯賓遜醫生扭打在一起，然後波特將醫生殺了。兩個孩子簡直無法置信，目瞪口呆地看著波特被定罪。他們多麼想把事實真相說出來，卻又害怕印江．喬報復。

回到家裡，湯姆茶飯不思，時時刻刻想著那可怕的祕密，良心備受煎熬。幾天後，希德向姨媽抱怨：「湯姆半夜一直翻來覆去，還說夢話，吵得連我都沒睡好。」

姨媽一聽，憂心地問：「湯姆，你有什麼心事嗎？」

湯姆避重就輕地回答：「沒有，是那個恐怖的謀殺案，害我晚上做惡夢啦。」

隨著日子一天天過去，湯姆漸漸擺脫了內心深處的煩惱。因為，有一件新的重大事件轉移了他的注意：貝琪好幾天沒來上學了。湯姆內心掙扎了好久，他試著不去在意這件事，可是沒有成功。最後他想辦法打聽到消息，原來貝琪生病了！

湯姆心裡很著急，心想萬一她死了怎麼辦！這個念頭讓他心煩意亂，對什麼都失去興趣，終日鬱鬱寡歡。

波莉姨媽很擔心，開始給湯姆吃各種她道聽塗說來的「靈丹妙藥」，但是都不見效。有一天，她聽說一種解憂劑很有效，立刻買來讓湯姆天天喝上一湯匙。湯姆覺得心情不好的情況下，能得到姨媽的重視當然很好，但她卻缺少理智，花樣多得讓人大吃不消。他該想辦法阻止姨媽了。

於是湯姆絞盡腦汁，終於想出一個解脫的辦法：假裝喜歡吃解憂劑。為了不讓姨媽起疑，他每天主動向姨媽討取藥水，但其實他並沒有喝下肚，而是把那一湯匙的藥偷偷倒入地板縫裡。

這天，湯姆正打算往地板縫倒藥時，姨媽養的黃貓跑了過來，眼睛直盯著小茶湯，喵喵叫著，似乎渴望能嚐一嚐。

「你想吃？真的想吃？」湯姆問，黃貓喵了一聲表示想吃。

「你確定你真的想吃？」黃貓又喵了一聲表示確定。

「是你要吃，我才餵你吃，我可沒有任何惡作劇的念頭，你要是發現不喜歡，可別怨我，要怪就怪你自己。」說完，湯姆把那一湯匙解憂劑倒在地板上。

黃貓舔了一大口，突然彈跳起來發出一聲狂叫，然後滿屋子狂奔亂竄，興奮而狂亂，又是撞上家具，又是弄倒花盆，所到之處盡是一片狼藉。

波莉姨媽進來時，正好看見黃貓從她面前凌空一躍，跳出窗戶，把窗臺上最後幾個花盆踹到地上，一個個摔個粉碎。波莉姨媽被嚇得呆若木雞，湯姆則躺在地上笑得前仰後翻。

「一定又是你做的好事！你為什麼要餵貓吃藥？」

「我同情牠沒有姨媽呀！」

「這和你餵牠吃藥有什麼關係？」
「如果牠有姨媽，那肯定會完全不顧慮牠的感受，每天給牠灌藥，灌得燒壞牠的五臟六腑不可！」
波莉姨媽突然感到一陣難受，後悔不已，覺得很內疚。這對貓是殘忍的，那對孩子不也是殘忍的？她含著眼淚，輕輕撫摸著湯姆的頭說：「我這都是為你好。」
「阿姨，我知道妳是為我好，我也是為了黃貓好啊！」
「夠了，湯姆！拜託你試著做個聽話的孩子，這樣你不用再吃藥了。」
湯姆早早就來到學校，奇怪的是他最近每天都這樣。他沒有和同學一起玩耍，而是在校門口東張西望，裝出若無其事的樣子。其實他一直關注著走進校園的人，期待能看到貝琪出現。湯姆等啊、等啊，等得望眼欲穿。
今天，貝琪總算出現了。她穿著一件漂亮的洋裝。湯姆的心怦怦直跳，他馬上開始印地安人一樣吶喊，甚至翻筋斗、倒立，所有能吸引目光的舉動都做了，但貝琪好像沒有看見他似的。
於是湯姆喊得更賣力，「衝啊！衝呀！」邊喊邊衝，結果腳一滑，摔趴在貝琪面前，還聽到她輕蔑地說了一句：「自以為神氣，愛現！」

湯姆一臉尷尬。他爬起來，像一顆泄了氣的皮球，垂頭喪氣地走開。他覺得自己一直努力著不犯錯，力求表現，但人們偏偏看不上眼；既然如此，那就悉聽尊便吧！而且，像他這樣一個無親無故的人，本來就沒人愛，哪能怪誰呢？

正巧此時，他碰見喬．哈珀一臉委屈地迎面走來，抱怨自己被媽媽冤枉偷吃了乳酪，還挨了打。他覺得媽媽擺明就不愛他、討厭他，那他就離她遠遠的吧！於是，兩個好哥兒們商量後，決定到外面的世界流浪，一起去當海盜。

在聖彼得堡鎮下游五公里的地方，密西西比河寬約兩公里，有一個狹長的無人島，叫做「傑克遜島」。島上林木繁茂，前方有片很淺的沙灘，離對岸不遠，而那塊河岸也是人跡罕至的茂林。他們決定流浪到這個島上，至於當海盜要做什麼還沒多想。接著，他們還找了哈克入夥，一起擬定了半夜出走的計畫。

半夜時分，「西班牙海上黑衣大盜」湯姆．索耶、「嗜血魔王」哈克．費恩，以及「海上霸王」喬．哈珀，帶著各自從家裡偷出來的食物，來到河邊會合。這些是湯姆從他喜歡的書裡挑中，給每個海盜夥伴的封號。

他們偷了一艘木筏，由湯姆指揮，哈克划右槳，喬划尾槳，威風凜凜地出發了。木筏逐漸地遠離小鎮，湯姆再「最後再看一眼」那給了他歡樂又帶來苦悶的地方。

它在星光點點、波光粼粼的河岸，平靜而安詳，絲毫沒有受到驚擾。

來到島上，他們把食物從木筏上搬下來，找到一張被遺棄的帆布搭了一個帳篷。他們在一根倒伏於地的大樹幹旁生起火，心滿意足地圍著火堆，躺在草地上。

「這蠻快活的對嗎？」喬說：「要是其他人能瞧見我們，他們會怎麼說？」

「哈，他們會羨慕得要命。」湯姆說：「在這兒不必一大早就起床，不必上學，也不必洗臉。你說對不對，哈克？」

「我猜是這樣。」哈克說：「在這兒，也沒誰來欺負你。」

聊著聊著，夜漸漸深了，幾個孩子在火光中沉沉睡去，只是「良心」那傢伙盤踞心頭，讓他們隱隱約約覺得從家裡逃出來是個錯誤。

早晨，湯姆在清脆的鳥鳴聲中醒來，一時間以為自己還在家裡。他揉揉眼睛，向四周看了看，這才想起自己身在何處。湯姆搖醒兩位同伴，開心地跳進沙灘上那片清澈透底的水中互相追逐、玩鬧了一陣子。他們神清氣爽地返回營地，喬開始做早餐，湯姆和哈克拿了釣魚竿，到附近的河邊釣魚，轉眼間，幾條肥碩的鱸魚也上了餐桌。

吃完早餐，他們隨意在樹蔭下休息片刻，便踏上了森林探險之旅。林中茂盛的大樹上披垂著一根根葡萄藤，好像王冠上垂下來的流蘇；青翠的草地上點綴著珠寶般美麗的花朵，令人眼花撩亂；不過並沒有發現什麼稀奇有趣的玩意兒。

不知不覺，一天過去了。入夜後，森林籠罩著寂靜和孤獨感，湯姆和喬不知不覺都開始想家，可是他們誰也不好意思說出來。

這時候，遠處隱約傳來聲響，漸漸聽到一陣陣隆隆聲和喧鬧聲。他們趕到岸邊一看，河面上一艘渡船正順流而下，寬大的甲板上似乎擠滿了人。突然，有人點燃炮竹丟進河裡，爆炸發出「砰砰」的聲音，瞬間水花四濺。湯姆突然明白了過來，那是鎮上找尋落水失蹤者的方法，他們認為這樣能讓溺斃河中的人浮出水面。

「大家是在找我們！他們以為我們淹死了！」湯姆大喊。

這幾個孩子瞬間覺得自己成了英雄。這是可喜可賀的勝利，由此可見有人在尋找他們，哀悼他們，對他們的失蹤而感到自責。最重要的是，想到自己成了全鎮談論的焦點，讓其他孩子羨慕又忌妒，他們心裡就得意揚揚。

當夜幕低垂，人們一無所獲地回家了。回到營地的孩子，坐在那兒看火光，心不在焉。得意的想法過去後，他們不由自主地想起家人對這樣過火的玩笑，絕對笑不出來，心情一陣不安。喬羞澀地提出想要回家，卻被湯姆奚落嘲笑了一番。

夜深人靜，哈克和喬早已鼾聲大作，湯姆卻輕輕地爬起來，找到幾片樹皮，用尖石寫了幾個字，留了一片在喬的帽子裡。然後他踮起腳尖，小心翼翼地穿越樹林，直到他認為別人已經聽不到腳步聲，立刻拔腿向沙灘飛奔而去。

湯姆偷偷回到了對岸。他飛快地跑過幾條冷冷清清的小巷，乘著夜色潛回波莉姨媽房裡，鑽到床底下藏起來。這時，湯姆發現屋裡坐著波莉姨媽、希德、瑪麗和哈珀太太。

「他不壞，他不過是淘氣罷了，冒冒失失的，就還是個毛頭孩子嘛。」波莉姨媽哭哭啼啼地說：「他可沒有一點壞心眼，他是那麼心地善良的孩子……」

哈珀太太也泣不成聲：「我不該不分青紅皂白就說喬偷吃乳酪，還打了他。我怎麼就不記得是奶酪酸了，我自己倒掉的！唉，這下子，我別想活著見到他了。」

湯姆聽得鼻子發酸，有點想掉淚。姨媽傷心的樣子深深地感動他，讓他有一股衝動想從床底下衝出來，讓她驚喜欲狂；再說，湯姆也十分喜歡製造些充滿戲劇性的場面。但這一次他卻沉住氣，沒有任何動靜。

接下來，湯姆從他們的聊天內容中聽出一些端倪：人們以為他們幾個出去玩的時候溺水，白天到河中找屍體也沒找著，所有希望都破滅了。於是大家決定禮拜天

為他們舉行葬禮。湯姆聽到這裡，渾身一陣簌簌亂抖。

喬的母親離開後，希德和瑪麗也各自回房了。波莉姨媽在床邊跪下來，聲音顫抖著為湯姆祈禱，話語中充滿著愛意。雖然上床還是輾轉難眠，不時地發出長吁短歎，許久才伴隨著淚水慢慢睡去。湯姆這時才悄悄爬出來，從口袋裡掏出一片寫了字的樹皮，放在桌上。親了親睡熟的姨媽後，湯姆又不聲不響地離開。

回到營地時，天已大亮，湯姆聽見喬說：「湯姆是最守信用的，他會回來，他不會拋棄我們。他知道這樣做，對一個海盜來說是種恥辱，像湯姆這樣愛面子的人，是不會做出這種事情的。他一定是有事出去了。不過，他究竟幹什麼去了呢？」

「看誰回來了！」湯姆喊了一聲，戲劇十足的大步走了進來。

經過一夜折騰，湯姆感到飢腸轆轆。他狼吞虎嚥地吃了豐富的早餐，這才添油加醋地講述了一番這次回家的所見所聞。他們成了一群自命不凡的英雄。

然後湯姆就躲到一個陰涼幽靜的地方睡覺，一直睡到中午。午後，這幫「海盜」

全體出動，在河岸四下尋覓，找到許多雪白的烏龜蛋，做了一頓美味可口的煎蛋。

轉眼間，離家已經四天。三個孩子走在沙灘上打水仗，但沒多久就個個意興闌珊，不時眼巴巴地望向對岸的小鎮。湯姆發現自己不由自主地用腳趾頭在沙灘上寫了「貝琪」。他把字跡抹掉，對自己大為惱火，恨自己意志薄弱。喬情緒更是低落，他想家想得快哭了；哈克也悶悶不樂。

「喂，我說，夥伴們，就此罷手吧。我要回家，這實在太寂寞了。」喬終於忍不住，抬腿直接往竹筏走去；哈克也跟了上去。

湯姆站在那裡，心裡激烈地交戰著，真想拋開自尊跟著他們走。他忽然覺得周圍如此冷清，如此寂寞。在和自尊作了最後一次較量後，他終於奔向兩個夥伴，一邊跑一邊喊：「等等！等等！我有話要跟你們講！」

喬和哈克起初還不情願，但最後還是停下腳。聽了湯姆一番話後，不禁狂呼起來，連連讚歎：「這個主意太妙了！」孩子們興高采烈地返回營地，雀躍不已，一邊滔滔不絕地談論著湯姆那個出色的計畫。

午夜時分，空氣又悶又熱，似乎要變天了。幾個孩子醒了過來，不一會兒，天空突然劃過一道閃電，將黑夜照得亮如白晝。一股涼颼颼的風吹過來，搖得樹葉沙沙作響。幾個孩子嚇得緊緊抱成一團。雷聲轟隆作響，狂風夾著雨點，劈哩啪啦地打在他們身上。

「快，大家快進帳篷！」湯姆喊道。

炫目的閃電一道接著一道，大雨傾盆而下。孩子們狼狽不堪地躲在帳篷下面，暴風雨越來越猛烈，「嘩啦」一聲捲走了帳篷，他們趕緊慌忙地再找地方避雨，三個人緊握彼此的手，連滾帶爬、滿身瘀傷地逃到一棵大橡樹下。

暴風雨達到高潮，它那無比的威力，彷彿要把小島撕成碎片、燃燒殆盡。對這些無家可歸、餐風露宿的孩子來說，這真是一個瘋狂的夜晚。

風雨漸漸平息，大地又恢復了平靜。三個孩子回到營地，發現遮蔽他們的大樹已被閃電劈成兩半，很慶幸他們當時未在現場。三人全身濕透，渾身發冷。他們找到一點倖存的乾木頭，好不容易重新點燃了營火，談起這場午夜驚奇，反正也找不到乾地可睡覺，就這樣一直聊到天亮。

太陽漸漸升起，照耀在孩子們的身上。經過一夜的驚險和折騰，個個筋疲力盡，全身僵硬。吃完早餐後，他們感到心情煩躁，於是又開始想家了。

第四章　復活的喜悅

這個禮拜六下午，鎮上如往日一般寧靜，可是氣氛卻異常沉重。哈珀太太和波莉姨媽兩家人沉浸在悲傷之中，哀泣聲不斷傳來。人們工作時心不在焉，很少說話，只是長吁短歎個不停。孩子們心裡也很有負擔，玩樂時總提不起精神，到後來乾脆不玩了。

那天下午，貝琪在空蕩蕩的學校裡悶悶不樂地走來走去，一邊走一邊喃喃自語地說：「哦，我要是收下湯姆那支銅把手就好了！現在我連一件可以紀念他的東西都沒有！」她強忍著淚水，懊悔不已。

過了一會兒，她停住腳步：「就是在這裡。哦！如果再給我一次機會，我絕不會像上次那樣。無論如何，我絕不會在湯姆面前說那些話。可是現在他死了，我永遠不可能再見到他了。」貝琪越想越傷心，落寞地轉身離開。

沒多久，其他同學也三五成群來到校園，七嘴八舌地談論起湯姆和喬。他們一個個爭先恐後地說自己是湯姆和喬最要好的朋友，一副無比光榮似的述說著兩個

「死去的」孩子曾經跟他們說過的話和做過的事。

第二天上午，當主日學的課程結束時，教堂一反常態敲響了喪鐘，鐘聲緩慢而莊嚴。人們聽見哀悼的鐘聲，陸續聚集在教堂門口，輕聲地談論著這起不幸的事件。步入教堂後，所有人即刻靜默不語，整個空間裡只有腳步聲和衣裙的窸窣聲。教堂裡座無虛席，是從所未見的景象。

在等待的靜默中，波莉姨媽帶著希德和瑪麗，後面跟著哈珀夫婦，一行人穿著黑色的喪服，面容哀淒地走了進來。人們恭敬地站起身，直到喪家在前排座位入座，大家才又坐下。

所有人低頭默哀中，偶爾夾雜著一陣啜泣聲。接著牧師做了一段禱告，全體一起吟唱讚美詩歌，並朗讀經文：「復活在我，生命在我……」

進行到追思儀式，牧師以低沉的聲音讚頌著幾位失蹤少年的美德，回憶著他們高尚美好的往事，讓人忘卻了他們曾經的調皮搗蛋，只記得他們天真大方的模樣。一個個令人感傷的故事讓人潸然落淚，連牧師也不禁溼了眼眶。

就在此時，教堂的門「嘎吱」一聲被推開了。牧師拿開拭淚的手帕，定睛一看，頓時驚得愣住！在場的所有人也不約而同站了起來，睜大眼睛看著三個「死去的」

男孩沿著走道大步走上前來。走在最前面的是湯姆，後面跟著喬，最後是衣衫襤褸的哈克。

波莉姨媽、瑪麗和哈珀夫婦馬上撲向兩個「復活的」孩子，激動得抱著他們左親右吻。哈克孤單地站在一旁，窘迫不安，正打算溜走，湯姆卻抓住他，大聲說道：「波莉姨媽，你們難道忘了哈克嗎？」

「當然記得，我們很高興看到他，哈克，可憐的孩子！」波莉姨媽親切地將哈克一把摟了過來。這突如其來的關懷，反倒使哈克變得更加不自在。

忽然牧師放聲高唱：「讚美上帝，保佑眾生！」人們也熱情地大聲唱起頌歌，響亮的歌聲響徹教堂上空，感謝上帝將孩子們帶回了他們身邊。「海盜」湯姆．索耶看著四周投以羨慕眼光的孩子們，心裡感到無比得意。那天，湯姆從波莉姨媽那裡得到的親吻次數，比以前一年加起來還多，他實在搞不清楚究竟哪些是對上帝的感激，哪些又是姨媽對自己的關愛。

原來，這就是湯姆的祕密計畫：和他的「海盜弟兄」一同回家參加自己的葬禮。禮拜六傍晚，他們一起橫渡密西西比河，在小鎮下游上岸，並在郊外的森林裡睡了一覺。醒來時天已微亮，他們悄悄穿越小巷，溜進了教堂二樓，就在那裡又接著睡，一覺睡到天色大亮。

禮拜一共進早餐時，波莉姨媽和瑪麗對湯姆格外親切，他要什麼都滿足他，說的話也比平時熱絡。談話中，波莉姨媽說：「湯姆，你們這個玩笑開得實在太大了，你們幾個為了自己開心，讓大家活活受了一個禮拜的罪。你不該這麼狠心，讓我跟著受苦。這禮拜我天天哭，以為你遭遇了什麼不測。」

姨媽接著說：「既然你們能回來參加自己的葬禮，那你也該早一些回來告訴我，讓我知道你只是離家出走，並沒有出事啊！」

瑪麗在一旁說：「就是嘛！湯姆，如果你有想到，一定會這麼做，對吧？」

波莉姨媽滿臉期待地問：「會嗎？湯姆。假如你有想到，會回來告訴我嗎？」

湯姆支支吾吾地說：「可是回來告訴你們，就會壞了我們的大事。」

聽到這樣的回答，波莉姨媽有些失落，「湯姆，我原本以為你很把我放在心上。如果你非常愛我，一定會想到回來告訴我你並沒有死的消息，就算你最後沒有這麼做，但是只要你曾經想到過，我就心滿意足了。」

「可是姨媽，我真的很愛你，在島上的每個夜晚我都會夢見你。」湯姆於是把他偷偷溜回家時看到的情景，描述成一場夢來安慰姨媽。

波莉姨媽愈聽愈感到驚奇，瞪大眼睛說：「的確如此！湯姆，你說的每件事都真的發生過！那後來呢？」

「後來，你哭著上床睡覺，我非常難過，就拿了一塊梧桐樹皮，在上面寫了『我並沒有死，我們只是去玩海盜遊戲了』，然後將它放在蠟燭旁邊。當時你躺在床上睡著了，我夢見我走過去，彎下腰，親了你一下。」

波莉姨媽的眼睛紅了，她抹著淚珠，將湯姆一把摟在懷裡，不停地說：「這孩子！你若真的有這麼做，以後不管你做錯什麼，我都會原諒你！」

「這只是一個夢罷了。」希德提醒道。

「不，一個人日有所思，才會夜有所夢！我相信湯姆！」波莉姨媽欣慰地說。而且等孩子們都出門上學後，她立刻跑去告訴喬的媽媽這場奇妙的夢。

湯姆現在可神氣了，他成了英雄。他不再活蹦亂跳，而是威風凜凜地走在路

上，儼然一副受人注目的大海盜樣子。學校裡，年紀較小的男孩們成群結隊地跟在他身後，覺得可以跟他走在一起，是無比的光榮；同齡的男孩們表面上假裝沒事，但其實心裡都羨慕得要命。

從那一雙雙仰慕的眼神，看得出湯姆和喬幾乎被捧上天了，也讓他倆變得高傲自大。他們經常向那些如飢似渴的聽眾講起那段冒險故事，可是往往只有開頭，沒有結尾。因為他們太富想像力，不時地添油加醋，故事哪能說得完呢？

湯姆暗想，就算沒有貝琪，自己也可以過得很好。只要有榮耀，就等於擁有一切，他願意為榮耀而活。況且，現在他出名了，貝琪說不定會來找他「和解」。只不過那是她的事，湯姆已經不在乎了。

果然，貝琪湊過來了。湯姆裝作沒看見她，繼續自吹自擂。貝琪紅著臉在一旁跑來跑去，好像在和同學嬉戲追逐，抓到人就樂呵呵地大叫，視線卻有意無意地瞥向湯姆。湯姆依舊視而不見，但其實他暗藏的虛榮心完全得到了滿足，這下他更覺得自己是個了不起的人物了，所以對貝琪更是不動聲色，視若無睹。

過了一會兒，貝琪不再和同學們嬉鬧，反而焦躁不安地走來走去，嘆了一、兩口氣，再偷偷地望向湯姆。當她看到湯姆旁若無人地在和艾咪．勞倫斯說話時，內心感到一陣刺痛。她想離開，雙腳卻不聽使喚，身不由己地走向一位非常靠近湯姆的女孩，藉故找了一些話題跟她聊天。

「嘿！週末要不要一起來野餐？」貝琪問。

「好啊！我真的可以去嗎？」女孩興高采烈地說。

「當然啦，我媽說，我想請誰就請誰。所有同學都可以來，無論男生女生。」貝琪說著，又偷偷瞄了湯姆一眼。可是湯姆似乎渾然不覺，依舊口沫橫飛地跟艾咪．勞倫斯述說著無人島上那場驚心動魄的暴風雨。

就這樣，除了湯姆和艾咪以外，所有的孩子都興奮地向貝琪提出要求，並且得到了她的野餐邀請。湯姆卻冷冷地轉身帶著艾咪離開，邊走邊和艾咪繼續聊天。貝琪看了氣得嘴唇發抖，眼眶泛淚。她強裝笑臉，不讓別人看出異樣。可是野餐的事現在失去了意義，一切都黯然失色。

貝琪覺得自尊心受到極大傷害，她找了一個沒人的地方，悶悶不樂地坐在那裡回想剛剛的情景。直到上課鈴聲響，貝琪站起身來，臉上已經掛著一副復仇的表情。她要對湯姆還以顏色，等的瞧吧！。

下課的時候，湯姆繼續和艾咪聊天，還得意揚揚地走來走去，想讓貝琪看見。

結果卻發現，她舒舒服服地坐在教室後面的長凳上，和艾爾菲．譚普一起看書。他們看得聚精會神，連頭都要靠在一起了。

湯姆得意的情緒一落千丈。這時，他的心裡被妒忌燃燒得火熱。他大罵自己傻瓜，後悔自己對貝琪太冷淡，白白錯過與她和好的機會。凡是能罵自己的話，他都派上了用場。他又急又氣，真想放聲大哭一場。

艾咪還在邊走邊快活地跟湯姆聊著，但是他一句也聽不進去，眼睛忍不住一次次地瞥向貝琪。看見那可恨的一幕，他氣得咬牙切齒。更讓他抓狂的是，貝琪根本沒有把他放在眼裡。其實貝琪早就發現湯姆，她知道這次較量自己贏了。看見現在輪到湯姆受罪，心裡十分高興。

午休時，湯姆受不了艾咪的糾纏，也不想再讓貝琪看笑話，便偷偷溜了回家。貝琪和艾爾菲繼續在教室裡看書，可是時間一分一秒過去，始終沒再看見湯姆。貝琪的得意蒙上一層陰影，她不再感到沾沾自喜，隨之而來的是沉重的心情。她後悔自己做得太過分，再次傷了湯姆的心。一旁的艾爾菲見她心不在焉，就不停地大聲說道：「喂，你看這一頁真有趣！」

貝琪終於壓不住怒火，氣呼呼地說：「哼，別煩我了！我不喜歡這些東西！」

說完，她突然大哭起來，然後起身轉頭就走。艾爾菲想安慰她，可是她卻說：「走開，別管我！我討厭你！」

可憐的艾爾菲不知道自己做錯了什麼，他失落地走回空蕩蕩的教室，感到既難受又惱火。不過，他很快就想通是怎麼一回事：原來他是貝琪對湯姆洩憤的工具。他一想到就怒火中燒。這時，看著湯姆桌上的課本，他突然興起一個壞念頭。他把課本翻到下午要上的內容，往上面灑了一大片墨水！

這個舉動正好被窗外的貝琪看得一清二楚。她打算回家把這事告訴湯姆，這樣他一定會感激她，然後兩人就能盡釋前嫌，重修舊好。可是走到半路，她又改變了主意。一想起湯姆在她邀請同家參加野餐時那副神氣樣，她心裡就感到陣陣刺痛、無地自容。於是，她決定看著湯姆被老師處罰。

中午，湯姆悶悶不樂地回到家。姨媽一見到他，就怒氣沖沖地罵道：

「湯姆，你真是個壞孩子！」

「姨媽，我做錯什麼了呀？」湯姆不解地問。

「哼，我來告訴你你做了什麼好事！你呀，讓我呆頭呆腦地跑到哈珀家，把你那個胡說八道的夢告訴喬的媽媽。結果她說，喬早就告訴她，那天晚上你回過家，我們說的話你全都聽見了！都是你，害我在他們面前出盡了洋相。唉！你從小就會說謊，長大後會變成什麼樣，我真不敢想像！」

湯姆沒想到會鬧到這種地步。他垂下頭，無言以對。他本以為早上耍的小聰明只是玩笑，創意十足，可現在這謊言看來既卑鄙又可恥。

「姨媽，我真希望自己沒做過這樣的事，不過我沒想到……」

「是啊，孩子，你從來不會想到別人，永遠只想著自己。你能想到趁著天黑，大老遠地溜回來看笑話，你能想到編造一個夢把我騙得團團轉，就是沒想到要讓我知道你沒死。真的是太讓我傷心了！」

「姨媽，我知道錯了。我知道我做得不對，真的。其實那天晚上我回來，本來是想告訴你們我並沒有淹死，讓你放心；但是我最後還是忍住了。」

「湯姆啊！我多想相信你的話啊！可是這聽起來不對，如果真像你所說的那樣，孩子，那你為什麼不告訴我呢？」波莉姨媽說。

「姨媽，我真的有這樣想過。可是一聽到你們要給我們辦葬禮，我就想到我們可以躲在教堂後面，到葬禮那天再給你們一個驚喜。我捨不得放棄這個好玩的點子，所以什麼都沒說，最後悄悄地離開了。」

姨媽不敢相信地看著湯姆。湯姆繼續說：「唉，如果那天晚上我親你的時候，你有醒過來，那該有多好！」

姨媽緊繃的臉慢慢舒展開了，眼中綻放出慈愛的溫情，「你親了我，湯姆？」

「是啊。因為我愛你呀！看見你躺在床上傷心的樣子，我真的很難過。」

波莉姨媽眼中含淚，掩飾不住激動的心情，在他臉上親了一下，聲音顫抖地說：「乖孩子，以後可不許再做這種事，知道嗎？好了，快回學校去吧。」

湯姆才一離開，波莉姨媽就立刻跑到衣櫥前，拿出湯姆失蹤時穿的衣服。她猶豫了一會兒，站在那兒自言自語：「喔，我不敢看！可憐的孩子，我猜他說的是謊話。不過，我情願這不是謊言，我不想看。」她兩次伸手，兩次又把手縮了回來。最後，終於堅定了決心，往衣服口袋裡面一掏，果然有一片樹皮！

波莉姨媽拿起那片樹皮，看著上頭的字。這次湯姆沒騙她，他說的全是真的！她忍不住老淚縱橫地說：「這孩子就算犯了天大的錯，我也原諒他了。」

第五章　真相大白

波莉姨媽慈祥的態度讓湯姆的煩惱一掃而空，使他恢復了輕鬆愉快的心情。他在校門口遇到貝琪，便毫不猶豫地跑上前去，爽快地對她說：「貝琪，我為我上午那些事情向你道歉，真的很對不起。我不會再那樣了，我們和好吧！」

貝琪鄙視地瞄了湯姆一眼，冷淡地說：「湯姆．索耶先生，請你別站在這裡，我再也不想理你了！」說完，她驕傲地把頭一抬，轉身就走。湯姆都還沒反應過來，貝琪早已走遠。

湯姆非常氣憤，他找了個機會，假意在遊戲場與貝琪擦肩而過，罵了一句尖酸刻薄的話，而貝琪也不甘示弱地回敬了一句，這下子兩人澈底決裂。原本貝琪還在猶豫要不要向湯姆揭穿艾爾菲．譚普的陰謀，現在那一點猶豫也完全被湯姆的惡言惡語趕走了，她決定不告訴湯姆。她迫切地等待上課，盼著看湯姆因為弄髒的課本而被老師責罰。

可憐的貝琪還不知道自己即將大禍臨頭。他們的老師杜賓先生已屆中年，卻有

一個沒有實踐的夢想。他最大的志向是成為醫生，可是因為家境貧窮，最後只能當一位鄉村學校的老師。每天沒有課的時候，他就會從自己的書桌裡拿出一本神祕的書，孜孜不倦地鑽研，看完後就把書鎖在抽屜裡，再把鑰匙帶在身上。學生們都想看一眼那本書，卻苦無機會。至於書的內容，孩子們七嘴八舌，各有一套見解，但都無法得到證實。

貝琪走進教室，從老師的書桌前經過，發現鎖上插著鑰匙。這可是千載難逢的機會！於是她趁著四下無人，拿出那本書翻閱了一陣子。原來這是一本解剖學的書，裡面有很多精緻的彩色插圖。貝琪正看得入神，突然一個人影落在書本上。原來是湯姆從門口進來，看到書中那些插圖便好奇地湊過來瞧一眼。

貝琪連忙將書闔上，卻不小心把其中一張插圖撕成了兩半。情急之下，她迅速地把書塞進抽屜，再用鑰匙鎖好，然後懊惱地大哭了起來。

「湯姆．索耶，你真卑鄙，不僅偷看別人，還偷窺人家正在看的東西。」

「我怎麼知道你在看什麼東西呢？」

「湯姆．索耶，你應該感到羞愧。我知道你會去告密的，喔！這下我該怎麼辦才好呢？我會被老師處罰的，我可從沒被老師處罰過呀！」

眼看實在沒辦法，她氣得跺腳說：「你想告密就去吧！不過，你就要大禍臨頭了，你等著吧！可惡，可惡，真可惡！」然後就一邊哭，一邊跑出了教室。

湯姆愣了一會兒，不太明白貝琪的意思。不過他知道，老師要是問誰撕破了他的書，肯定沒有人會承認。到時候他就會按照慣例，一個接著一個質問。當問到貝琪的時候，老師一定會看出異樣，因為女生的臉色總是很輕易就會洩漏心裡的祕密，看來貝琪這次在劫難逃了。湯姆反覆琢磨，做出最後決定：「好，就讓她去提心吊膽吧！我就等著瞧，看她怎樣被老師處罰！」

上課鈴響，老師來了，學生們都坐在位子上準備上課。湯姆看著貝琪苦惱的神情，完全不想同情她。可是，他心裡一點也沒有開心的感覺。

這時，湯姆發現課本上的墨水漬。當被老師檢查到時，他矢口否認是自己弄髒的，可是無濟於事。在所有人眼裡，湯姆是個調皮搗蛋的孩子，他弄髒課本根本是家常便飯。奇怪的是，貝琪並沒有因此而感到高興，反而在一旁暗暗著急，甚至忍不住想要告訴老師真相。可是一想到湯姆肯定會向老師揭發她撕破書的事情，她就默默地閉上了嘴。

湯姆被老師處罰後，回到自己的座位。儘管不記得什麼時候曾弄髒了課本，但他想可能是自己和同學們嬉鬧時不慎打翻了墨水瓶。

下課後，杜賓先生從抽屜裡取出了他那本珍貴的書。湯姆往貝琪那裡瞟了一眼。她就像被獵人追捕的兔子，當槍對準著腦袋時，露出一副絕望無助的表情。這一刻，湯姆完全忘了他和貝琪之間的爭執，心頭焦急萬分，滿腦子只想著該怎麼拯救貝琪。可是一切都太遲了，杜賓先生已經翻開那本書！他站了起來，神色凝重地盯著大家，那眼神令無辜者膽戰心驚，學生們全低下頭，教室裡一片寂靜。最後他大聲斥問：「誰把書撕破了？」

教室裡鴉雀無聲，靜得連一根針掉在地上都能聽見，所有的孩子都屏住了呼吸。杜賓先生盯著所有孩子們的臉，想要找出兇手，開始一個一個點名：

「貝恩．羅傑，是你撕的嗎？」貝恩矢口否認。

「喬．哈珀，是你撕的嗎？」喬也沒承認。

杜賓先生嚴肅地問了幾個男孩子，都沒人承認。突然，他身子一轉，走到女孩子的座位旁。

「艾咪．勞倫斯，是你嗎？」艾咪搖搖頭。

「格雷西．米勒，是你嗎？」米勒同樣否認。

下一個就輪到貝琪了。湯姆注視著她的表情，替她感到緊張。杜賓先生看著貝琪問：「貝琪．柴契爾，是不是你撕破的？」貝琪嚇得臉色慘白，低著頭不敢看老師。這時，湯姆毅然決然從座位上站起來，大聲地對老師說：「是我撕破的！」

全班同學驚訝地看著湯姆，覺得他真是夠蠢的！湯姆毫不猶豫地走上講臺，準備接受懲罰。貝琪投射過來的目光充滿了驚訝、感激和崇拜，讓他覺得即使為此挨一百下鞭子，也無怨無悔。

貝琪覺得既羞愧又感激，放學時就把墨水的事情告訴了湯姆。湯姆雖然想對艾爾菲．譚普還以顏色，但是此刻心頭甜滋滋的感覺更勝於一切。直到晚上入睡前，他耳邊還不停迴盪著貝琪說的那句話：「湯姆，你實在是太偉大了！」

天氣一天天地熱起來，春天已經過去，夏天即將到來。學校快要放暑假了，所有學生都在期待這一天的到來。

為了讓孩子們在放假前的表演大考好好表現，校長比平常更加嚴厲、更加苛刻，幾乎天天拿著戒尺在教室裡巡視，只要誰表現不好就當場懲罰，害大家整天戰戰兢兢，苦不堪言。於是，大夥開始聯合起來密謀了一個「復仇計畫」。

他們得知幾天後校長的太太會去鄉下探訪親戚，時機正好。而且校長有個習慣：每逢重大日子前，常跟朋友喝得酩酊大醉。於是他們就在大考前夕，等到校長喝醉後，趁機「痛下毒手」。

大考的日子終於到來了。晚上八點鐘，學校禮堂燈火通明，花團錦簇。校長坐在高高的椅子上。他的後面是一塊黑板，前面則有六排長凳，上面坐著鎮上有頭有臉的人物；兩邊又各有三排長凳，坐的是學生家長。左前方，家長座位後面臨時搭起了一個大講臺，參加考試的考生全都坐在這裡：一排排的小男孩被家長打扮得相當浮誇，穿得正經八百，看著都覺得彆扭；接著是一排排的大男孩，個個顯得靦腆又呆板；再看那些小女孩和大女孩，一身潔白的細麻軟布盛裝，頭上戴著各式的飾品，顯得侷促又不安。沒有考試的學生就散坐在其他位置。

一連串的考試終於開始了。首先，一個小男孩上臺朗誦了一段課文，他刻意做出的手勢動作生硬，活像個失靈的機器人，最後居然過關了。接下來上臺的是一個羞澀的小女孩，她口齒不清地唸了一首兒歌，還行了一個可愛的屈膝禮，贏得不少掌聲。後面再上臺的是一位纖瘦的大女孩，她讀的是一首詩歌：《密蘇里少女告別阿拉巴馬》。

輪到湯姆了。他自信滿滿地走上臺，開始背誦起一篇氣勢磅　的演講稿：「不自由，毋寧死」，還不時慷慨激昂地做幾個手勢。可是背到中間時，他卻突然忘詞了！他的雙腿開始不停顫抖，整個人幾乎喘不過氣來。大家默默等待著，可是湯姆怎麼也想不起後面的內容。他掙扎了一會兒，最後只能垂頭喪氣地退下場。掌聲只輕微地響了一兩下，就沒有了。

這時，校長帶著幾分醉意，有點搖晃地站了起來。他背對著觀眾，開始在黑板上畫起美國地圖，準備進行地理測驗。可是他的手不停顫抖，把地圖畫得不像樣，臺下的人們忍俊不住，開始小聲笑了起來。校長千方百計地補救，卻越畫越糟糕。他感覺所有人的目光都聚焦在他身上，人們的笑聲愈來愈毫不掩飾。

原來，在校長頭頂上方的閣樓天窗被打開了，窗子裡懸下一條繩子，繩子上綁著一隻貓，貓的腰被繫在繩子上。繩子從上面悄悄地垂降下來，貓在半空中難受地扭動著身體，一會兒翻身踢腿，一會兒往上扭

動，一會兒往下亂抓。貓慢慢被垂降到離校長的腦袋非常近的地方，接著再一寸一寸地下降。拚命在空中揮舞的爪子，突然抓起了校長的假髮。然後才一眨眼的工夫，貓已經被拉回閣樓的天窗，爪子上還緊抱著假髮。校長的腦袋瓜金光燦燦，原來孩子們早已在他的禿頭上塗了一層金色油漆！臺下爆出哄然大笑，簡直要把整座禮堂都給掀翻了。

暑假來臨了，孩子們不必到學校上課，終於可以盡情地玩耍。可是天氣越來越熱，人們一個個無精打采。沒過幾天，貝琪和父母一起去外地度假了。湯姆大玩特玩了好幾天，卻也漸漸失去了玩鬧的興致。

這時候，那起可怕的謀殺案祕密就像一顆不定時炸彈，在湯姆心裡蠢蠢欲動，隨時都有可能爆發。

不久，法庭決定開庭審理那起謀殺案。這件事立刻成了全鎮談論的焦點話題。湯姆內心一天比一天不安，那個祕密像錘子一樣天天敲打著他，彷彿在逼迫他說出真相。他只要聽見別人提起這件事，心中便會感到一陣寒慄。

有一天，湯姆把哈克拉到一個隱蔽的地方，再三向哈克確定他沒有把祕密告訴別人，而且兩人又發了一次誓。湯姆覺得心裡踏實多了。停了一會兒，他問：

「哈克，你有聽到大家都在談什麼嗎？」

「他們整天都在談莫夫．波特的謀殺案，沒完沒了，讓人直冒冷汗，只想找個地方躲藏起來。」哈克苦惱地說。

「我也有同感。你是不是有時候也為他感到難過？」湯姆問。

「是啊。那傢伙是個好人，從來沒做過什麼傷天害理的事情。有一次，我釣的魚不夠兩個人分，他就分了半條魚給我。當我手氣不佳釣不到魚時，他也會熱心地幫助我。」

「他還幫我修理過風箏。我希望我們能救出他。」湯姆說。

「哎呀，湯姆！我們沒辦法救他。就算救出來，他也會再被抓回去的。」

「是呀，大家會再把他抓回去。可是，我討厭聽到他們罵他是魔鬼，其實他根本沒犯什麼滔天大罪。」

「我也一樣，湯姆。老天爺，我聽到他們罵他是全國最惡劣的壞蛋，還埋怨他為什麼之前沒被吊死呢！」

「對，他們一直都是這麼罵的。我還聽人說，要是他被放出來，他們就會偷偷處理掉他。」

「我想他們真的會那麼做。」

兩個男孩談了很長一段時間，卻想不出一個周全的辦法，於是只好像往常一樣，帶著一些菸草和火柴到莫夫．波特被關的監獄給他。

莫夫．波特非常感激這兩個孩子為他帶東西來。他隔著狹小的窗櫺對他們說：「孩子們，你們對我實在太好了。我不會忘記你們的。我常常在想，過去我經常替所有的孩子修風箏，還教他們釣魚。可是現在我有麻煩，他們就把我忘了。可是你們兩個沒忘。」兩個孩子聽著這番話，覺得心如刀割。

莫夫．波特繼續說：「孩子們，我做了一件可怕的事。當時我喝醉了，神志不清，什麼都不記得。現在，我將被判處死刑，我想這是應該的，這是對我最好的懲罰。」說罷，他握著兩個孩子的手，向他們表達最真誠的感謝和祝福。

湯姆回到家後，心裡感到很難過，甚至一整晚做著噩夢。接下來的日子，他天天跑到法庭外探聽消息，心裡總有一股難以抗拒的衝動，想闖進去，可是他依

然強迫自己留在外面。哈克也有相同的想法，不過他也強忍著沒有行動。每當有人從法庭裡出來，湯姆都會豎起耳朵聽他們議論，他甚至聽到了一件悲慘的消息：印江．喬的證詞很肯定又無可疑之處，人們都相信波特就是那個凶手。過幾天，法庭就要宣判了，陪審團將會做出怎樣的判決，已經可想而知。

法庭審判的前夕，湯姆在外面逗留到很晚，才偷偷從窗戶爬進房間。他心神不寧地躺在床上翻來覆去，直到半夜才睡著。

第二天早晨，全鎮的男女老少都擠進法院，等待法官的作出判決。人們等了很久，陪審團才依序進場就坐。沒多久，莫夫．波特戴著沉重的鐐銬被押了進來。他臉色蒼白，一直低著頭。印江．喬作為證人，始終坐在顯眼的地方。最後，法官就位，案件審理正式開始。

一位又一位的證人陸續上前，輪流說明在謀殺案之後，他們在各處看見莫夫．波特出沒的情形。每當檢察官結束他的質詢，輪到波特的律師檢視證人們的說詞時，他都沒有對證人做出任何盤問。旁聽的人們覺得很奇怪，開始議論紛紛。

最後一位證人退席之後，檢察官說：「我們已經完全可以認定，這個令人髮指的罪行是莫夫．波特所為。至此，我方陳述完畢。」

可憐的波特發出一聲哀號，捂住臉開始抽泣。大家都認為波特已經沒救了，但就在這時，波特的律師緩慢地起身，說道：「現在我請求讓一位證人出席。」

法庭裡，每個人臉上都充滿了困惑，連莫夫．波特也搞不懂到底怎麼回事。當湯姆走上證人席的時候，所有人都驚呆了。難道這個小男孩會說出重要的線索？又或者他可能和那起可怕的命案有什麼關聯？

波特的辯護律師開始發問：「湯姆．索耶，六月十七日午夜，你人在哪裡？」

湯姆看了一眼印江．喬，嚇得舌頭都打結了。他努力讓自己不看印江．喬那張冷酷無情的臉，然後怯怯地說：「我在墓地！」

在律師的提問下，湯姆把那晚的細節一點一點地說了出來，包括他為什麼到了墓地，藏在什麼地方，看見怎樣的情景，以及那讓他心驚膽戰的一幕。湯姆漸漸克服了恐懼，愈說愈流暢。相反地，印江．喬臉上的表情卻從開始的一派輕鬆，逐漸轉變為大驚失色。旁聽席上的人們被湯姆講述的離奇故事深深吸引，一個個張大嘴巴，大家都忘了時間，也忘了那個真正的殺人兇手仍在現場。

「就在魯賓遜醫生拿起墓碑，打倒莫夫．波特時，印江．喬拿著刀衝過來……」

湯姆的話音未落，突然傳來玻璃碎裂的聲音。可惡的印江．喬已經如閃電一般跳出窗外，逃走了。

湯姆又一次成了萬眾矚目的英雄，長輩們寵愛他，同伴們也崇拜他。因為鎮上的報紙將湯姆的事蹟大大地宣揚了一番，讓他的名聲遠播。除了湯姆之外，人們對於險些被當成殺人犯的莫夫．波特也格外關切。他們同情他、安慰他，好像要把過去對他的凌辱都彌補回來似的。

湯姆白天的生活充滿著榮耀與讚美，讓他走在路上顯得神氣十足；可是到了晚上，他卻總是噩夢連連。每晚，他都會夢見印江．喬那張冷酷殘忍的臉和殺氣騰騰的眼神。所以天黑以後，湯姆絕不會踏出家門一步。可憐的哈克心裡也一樣惶惶不安，日夜都擔心印江．喬會找上自己。

法院貼出了緝拿印江．喬的懸賞告示，於是全鎮的人開始行動起來，巡邏隊更是天天騎著馬四處巡邏。可是，那個真正的殺人犯彷彿人間蒸發一樣消失了。湯姆和哈克成天擔心受怕，他們覺得只要印江．喬一天不被逮捕歸案，他們就一天無法安心入眠。好在日子一天天過去，隨著不斷發生的新鮮事，湯姆和哈克心裡的恐懼也一點一點慢慢消失了。

第六章　尋寶遊戲

幾乎所有的男孩都會有這麼一段時期：嚮往探險尋寶。湯姆當然也不例外。有一天，這種衝動突然就湧上他的心頭。

那天湯姆正好遇見哈克，於是就把自己的想法告訴他。哈克欣然表示同意，拍手贊成：「好啊！那我們要去哪兒尋找寶藏呢？」

「噢，有好多地方都可以啊。」

「不會吧？難不成到處都有寶藏？」

「不，當然不是。寶藏會被埋在一些相當特殊的地方，有的埋在小島上，有的埋在枯樹底下——午夜時樹影落下的地方。不過，在大多數情況，寶藏通常會是被埋在鬧鬼的房子下面。」

「誰會把寶藏埋著不用啊？」哈克問。

「當然是強盜啦！」

「埋了之後他們就不會想再把寶藏拿回去嗎？」

「不，他們想再拿回去。可是，大多數強盜不是忘記當初留下的記號，就是死了。總之，寶藏往往就那樣被埋著，直到很久以後，人們才又從藏寶圖上找到一些線索，揭開寶藏的祕密。」

「那麼，你打算怎麼去找那些線索呢？」

「不需要什麼線索。我們不是去過傑克遜島嗎？改天我們可以再去那裡找找。那間酒廠附近，有座鬧鬼的老房子，還有好幾棵枯樹，這些地方都可能埋了寶藏。」

於是，他們很快就找來一把十字鎬和一把大鐵鍬，出發尋寶了。兩個孩子一路小跑，等他們來到酒廠附近的枯樹林時，已經大汗淋漓、滿臉通紅。他們休息了一下，便拿起工具開始挖了起來。

「喂，我說哈克，要是找到寶藏，你打算怎麼花用呢？」

「天天吃餡餅、喝汽水、看馬戲，好好享受一番。你呢？」

「我打算買一把貨真價實的寶劍，還要娶個老婆。」

「娶老婆！誰啊？」

「以後再告訴你。快動手挖吧！」

他們挖了將近半個小時，一無所獲。於是，兩人決定換個地方，繼續再挖，結果還是希望落空。為什麼會這樣呢？

突然，湯姆驚呼：「啊，我知道是怎麼回事了！我們真是兩個大傻瓜。我們得在半夜的時候過來，看樹影子落在什麼地方，然後從那裡開挖才行！」

他們討論了一下，約定今晚再溜出來，到這裡碰頭。

當晚，兩人依約前來，挖掘了一段時間，卻還是毫無斬獲。經過一番激烈的爭論，他們終於決定再到那間「鬧鬼」的房子試試手氣。

「我們白天去。那些鬼怪只在夜間出沒，不會有事的。」湯姆說。

「唉，好吧。既然你這麼說，我們就去探一探吧！」

這時候，他們已經動身往回走。一眼望去，那間鬼屋孤零零地矗立在月光底下，四周的柵欄早已腐朽不堪。野草蔓生的臺階、傾圮的煙囪、塌陷的屋角和空空蕩蕩的窗框，一切顯得陰森而恐怖。他倆緊緊抓著彼此的手，忐忑不安，似乎看見有些藍光在窗戶那兒飄來蕩去。

第二天中午，兩個孩子來到約定的地方拿工具，湯姆急著想去鬼屋一探究竟，顯然，哈克也有一樣的心情。但哈克卻突然說：

「湯姆，我想起來了。今天是禮拜五啊！。」

「真該死，我竟然忘了。大人常說禮拜五是不吉利的日子。我們在這個日子做這種事情，可能會自找麻煩。」

「那我們換個日子吧！」哈克建議。

「好，今天就算了。來玩吧！哈克，你知道羅賓漢嗎？」

「不知道。他是誰？」

「嘿，這你都不知道。他是個強盜，可是他只搶劫富人，絕對不騷擾窮人，而且還跟他們平分搶來的東西。」

湯姆繪聲繪影地說起俠盜羅賓漢劫富濟貧的故事，哈克聚精會神聽著。眼睛裡透露著崇拜與嚮往的神采。然後，他們玩了整整一個下午的羅賓漢角色扮演，邊玩邊忍不住地朝鬼屋看上一、兩眼，想像著明天尋寶的情形。太陽西沉，他們才伴著長長的樹影，踏上回家的路。

星期六中午過後，兩人又來到枯死的老樹旁，在先前挖掘的地方又挖了一次，依舊沒挖到任何東西。當然這樣做並不是抱有多大的希望，只是因為湯姆說有很多人往往只差六寸就能挖到寶藏，結果還是讓別的人一鍬給挖走了。不過，這一次他倆沒那麼幸運。於是他們就扛起工具往鬼屋走了。

鬼屋裡安靜得連心跳聲都清晰可聞，他們努力壓低聲音說話，同時豎起耳朵警覺地傾聽，連最細微的聲音也不放過。他們繃緊渾身的肌肉，準備一發現苗頭不對，立刻拔腿撤退。經過一段時間的摸索，漸漸適應屋內的光線和地形，他們開始小心翼翼地四處查看起來。

屋子有兩層樓，他們把工具放在角落，扶著幾乎要倒塌的扶手，一起走上樓梯。他們走得小心翼翼，因為每踩一步，腳下的木製階梯就會發出嘎吱響，在空蕩蕩的屋裡顯得格外刺耳。

二樓看起來和一樓同樣殘破，房裡積滿厚厚的灰塵和蜘蛛網。他們在角落裡發現了一個壁櫥，打開一看，裡面什麼也沒有。兩人在樓上翻找了一陣子，仍是一無所獲。正當他們準備下樓時，湯姆的表情突然緊繃。

「噓！」湯姆小聲警告。

「怎麼啦？」哈克臉色發白，低聲問道。

「噓！那邊有聲音……你聽見了嗎？」

哈克的嘴唇微微顫抖，無聲地點了點頭。他倆趴到地板上，從破裂的木板縫往下偷看，內心非常恐懼。只見兩個長相彪悍的男人出現在門口，一邊說著話，一邊東張西望地走進屋內。他們認出了其中一個人，那是個又聾又啞西班牙老頭，他不久前曾在鎮上露過一、兩次臉；另一個則是他們沒見過的陌生人。那西班牙老頭披著一條披肩，留著一臉濃密的白鬍鬚，闊邊帽底下竄出長長的白髮，臉上還戴著一副綠色的風鏡。那陌生人則是蓬頭垢面、衣衫襤褸，眉頭深鎖。

他們坐在地上，面對著門口，背靠著牆，好像在爭論著什麼。

「我不想這麼做，我仔細想過了，這事太危險了。」那陌生人說。

「膽小鬼！」西班牙人怒斥。

兩個孩子嚇得渾身顫抖，那是印江·喬的聲音！

「我們上次做的那件事才危險，結果不也沒事嗎？」印江·喬又說。

「那不一樣。那次我們是在河上面，距離又遠，附近一處人家也沒有，所以不管我們試了多久，也不會有人知道。再說了，大白天的待在這鬼屋裡，任何人見了都會對我們起疑的。」那陌生人反駁道。

「可是做了那件事之後，沒有什麼地方會比這裡更安全了。我也不想待在這棟破房子裡。昨天我就想離開了，只是那兩個討人厭的孩子就在山上玩。我們做什麼事他們都非常清楚，所以我才沒走。」

湯姆和哈克恍然大悟，原來印江．喬所說的那兩個「討人厭的孩子」就是他們。幸虧昨天他們沒有來這裡，不然真不敢相信會發生什麼事。想到這裡，他們不禁渾身一陣顫抖。

樓下那兩個人拿出食物，吃了起來。印江．喬沉思了許久，最後開口說道：「你先回到河上去吧！我會再去鎮上看看，等時機成熟時，我們再一起完成那件事。等成功之後，我們就去德州！」

吃飽喝足，印江．喬他蜷著身子躺在草上，打起鼾來。另外那個人在門口負責把風，但沒多久也忍不住也打起瞌睡，頭越垂越低。

兩個孩子總算鬆了一口氣，他們稍微活動了自己的手腳。

湯姆低聲說：「我們的機會來了，快走！」

哈克搖搖頭：「我不走……要是他們醒過來，我們就死定了。」

湯姆不停地勸他，但哈克還是裹足不前。最後湯姆只好慢慢站起身，準備一個人離開。可是他才跨出第一步，破舊不堪的地板就發出嘎吱的聲響，嚇得他連忙又趴了下去，不敢再挪動。兩個孩子手腳發麻地趴在那裡，感覺度日如年。

太陽漸漸西沉，印江．喬首先醒來，環顧四周後，他用腳把夥伴踢醒，「你怎麼睡著了？還好沒發生什麼事。我們該離開了！不過，偷來的錢要怎麼辦？」

「和以前一樣，放在這裡。六百個金幣帶在身上太顯眼了。」他的夥伴說。

「好吧，我們就下次再來拿。」

「對，找個晚上再過來！」

「不過，那件事不好辦，可能要花點時間。這地方也不保證安全，我看還是先把金幣先埋起來。埋得深一點。」

夥伴點了點頭，走到屋子的另一邊，抬起廢棄的爐子，移開一塊石頭，拎出一個叮噹響的布袋。他從裡面倒出二、三十塊自己留著，又拿了一樣的數量給印江．喬，然後把布袋子遞給他。印江．喬正跪在角落，拿著一把獵刀在地上挖了起來。

剛才還覺得自己倒楣透頂的兩個孩子，這下把所有恐懼都拋到九霄雲外了。六百個金幣可不是小數目，他們可以分給自己的小夥伴，讓大家都發筆小財。兩個小男孩興奮極了，他們完全不用煩惱該去哪裡尋寶了。他們把臉緊緊地貼著木板，透過縫隙，仔細地注視著樓下的每一個動作。

這時，印江．喬的獵刀突然敲到了一個什麼堅硬的東西。

「那是什麼？」他的夥伴問。

「一個腐爛的木頭，不，我想這是一個木箱。」他又快速挖了幾下，「好，箱子被挖出一個洞了！」

他把手伸進木箱洞口，他們都聽見裡頭發出嘩嘩的響聲。他把手抽了回來，手裡抓著一把黃澄澄的金幣。兩個男人對視了一眼，臉上又驚又喜。

「我們得趕緊挖出來！」印江．喬的夥伴巡視四周，從角落裡拿出湯姆和哈克帶來的鎬子和鐵鍬，動手了挖起來。

沒過多久，他們從洞裡搬出了一個被鐵皮包著的箱子。若不是在土裡被埋了很久，這個箱子本來應該很堅固的。如今被它藏起來的財寶已經又重現在世人面前。兩個孩子睜大了眼睛：這些金幣看上去至少有一千塊錢！

「我聽說有幫派常在這附近活動。」

「我也聽說過，我看這八成就是他們的錢。」

「這樣你就不用做那件事了！」

「不！我計劃要做的那件事，目的不是為了搶劫，而是為了復仇！」印江．

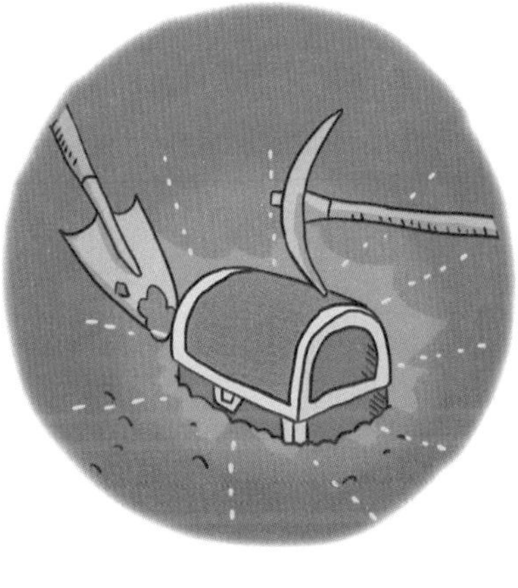

喬惡狠狠地說：「這件事你必須幫助我。等到事情結束，我們就去德州。」

「好吧！那麼這些錢要怎麼辦？再埋回去嗎？」

「好。」印江．喬說。樓上的湯姆和哈克頓一聽，相視而笑。

「不對，不能埋回去！」印江．喬馬上又改變主意，「剛才我們用的鎬子和鐵鍬是從哪來的？那把十字鎬上沾著新鮮的泥土！是誰把這些工具帶到這裡來的？那些人又到哪裡去了？不！我們得把錢帶走。」

「對，應該馬上把箱子搬走。要把它藏在『一號』嗎？」

「不，應該藏在『二號』，那個十字架下面。」

「好！天也快黑了，我們趕緊走吧！」

印江．喬站起身來，仔細地四下察探，然後說：「你想他們會在樓上嗎？」

兩個孩子被嚇得大氣不敢喘。只見印江．喬右手拿著刀子，朝樓梯這邊走來。

湯姆和哈克想找個地方躲起來，卻發現自己手腳發軟，一點力氣都沒有。樓梯上吱嘎嘎不斷地發出聲響，腳步聲越來越逼近。情況萬分危急，他們幾乎就要跳起來，朝壁櫥跑去。

突然一聲巨響，印江．喬從樓梯上跌了下去，摔在一堆腐朽斷裂的木板上。他生氣地邊罵邊爬了起來，拍拍身上的灰塵，扭頭走回夥伴身邊。兩人收拾好那個箱子，藉著夜色遮掩，往河那邊去了。

湯姆和哈克站起身來，不知道該沮喪還是該高興。沒被那兩個傢伙發現，真是萬幸。但如果不是他們下午把鐵鍬和鎬子留在一樓，印江・喬根本不會起疑。他會把那箱金幣藏在那裡，等他完成「復仇」之後再來取回。只是到時候他就會發現，那批寶藏早已不翼而飛。

一路上，兩個孩子不停地埋怨自己沒把工具藏好，讓機會白白溜走。不過他們決定了，只要誰發現印江・喬的身影，一定要緊緊地跟蹤他，直到找到出他所謂的「二號」地點，管他上天入地都要跟去。突然，湯姆閃過一個念頭。

「復仇？他指的不會是我們吧？哈克。」

「不會吧！」哈克差點沒昏過去。

他們仔細談論了一番，得出初步的結論是：印江・喬的復仇應該是另有其人。不然，也肯定是指湯姆，因為只有湯姆在法庭上作證過。這件事讓湯姆感到極度不安，他想，如果有個同伴一起共患難應該多少會好一些。

第七章　「二號」的祕密

那天晚上，湯姆一夜都沒睡好，白天的歷險也進入夢中。夢裡，他挖出了藏寶箱四次。可是醒來後，美夢消失，他面對的還是那不幸的嚴酷現實：藏寶箱化為烏有，他仍是兩手空空。一大早，他躺在那兒，回想著偉大的冒險經歷，覺得那些事件越來越模糊，越來越遠──有點像是在另一個世界裡發生的，或者是很久很久以前發生的事情。於是他開始懷疑，這次大冒險會不會根本就是一場夢？

可是他越想，冒險的事情就越歷歷在目，讓他又覺得這也許不是夢，是真實發生的事情。他一定要弄個水落石出！於是他三口兩口吃完早飯後就去找哈克。

哈克坐在一艘平底船邊緣，一雙細瘦的腿在水裡攪來攪去，看上去憂心忡忡。湯姆決定讓哈克先開口，要是他沒提到昨天的冒險，那就表示那只是一場夢。

哈克無精打采地看了一眼湯姆，悶悶不樂地說：

「湯姆，如果我們沒有把那些工具留在那裡，也許我們就能得到那筆錢了！」

「原來真的不是夢呀！」湯姆脫口而出。

「什麼不是夢呀？」

「噢，就是昨天那件事，我到剛才還在半信半疑，以為那只是一個夢。」

「什麼夢？我可是做了一整晚的噩夢，夢見印江．喬拿著刀追了我一夜！」哈克心有餘悸地說。

「我們去找他，把那些錢找出來！」湯姆說。

「算了吧！湯姆，我們找不到他的。人發大財的機會本來就不多，這次機會我們已經錯過了。不過說真的，要是再讓我遇見他，我說不定會馬上嚇暈過去。」哈克連連擺手說道。

「我也一樣。可是我一定要找到他。我要跟著他，到他說的那個『二號』去，把藏寶箱找出來！」湯姆堅定地說。

「二號，沒錯，我也一直在想這件事情，可是我完全摸不著頭緒。」

「我也是。太難了，根本猜不出那是什麼地方！哈克，你覺得會是門牌號碼之類的嗎？」湯姆努力猜想著。

「對耶！……喔，不，湯姆，那應該不是門牌號碼，我們這個小鎮，根本不需要什麼門牌號碼。」

「說的也是。讓我再想想……嗯，有可能是房間號碼，比如，旅館的客房。」

「噢，你說的對！鎮上就只有兩家旅館，我們只要打聽一下，很快就會知道結果的。」

湯姆立刻去了兩家旅館。他打聽到其中一家旅館的二號客房，長久以來都住著一位年輕的律師；而另一家則住著一位神祕的房客，聽旅館老闆的兒子說，房間一直上著鎖，除了夜晚，他從來沒有看過任何人進出，他也不知道原因，只是覺得有點好奇。

「哈克，我想我們要找的就是這個神祕的二號房。」

「所以接下來該怎麼辦？」

湯姆想了一陣子，然後說：「那間二號房的後門通向一條小巷，就在旅館和破舊的老磚廠之間。我們先盡可能找到一些鑰匙，等天一黑我們就拿鑰匙去試開門。另外，你還要提防印江．喬，他說過他會回到鎮上找機會報仇。如果印江．喬出現，你就跟蹤他，一直到他藏身的地方為止。如果他沒回到旅館房間，那麼這個地方就不是他所說的『二號』。」

那天晚上，兩個孩子準備再冒一次險。他們在那家旅館附近蹓躂，直到九點以後才展開行動。一個遠遠地盯著那條小巷，另一個則牢牢監視著旅館大門。巷子裡沒有人進出，出入旅館大門的人裡面也沒有誰長得像西班牙人。當晚夜色太過明亮，不利於行動，於是湯姆便先回家去了。臨走前，他還和哈克約定，等天色再暗一點，哈克要到湯姆家學貓叫，聽到哈克的聲音之後，湯姆就會偷溜出來。到時候他們再過來一起行動。但那天的夜空一直很明亮，哈克一直等到半夜，到後來他實在太睏，才鑽進一個大桶子裡，沉沉睡去。

禮拜二的夜空依然明亮，禮拜三也一樣，到了禮拜四的夜晚，天空才有些烏雲聚集。當天傍晚時分，湯姆和哈克眼看著天色越來越漆黑，他們覺得時機已經成熟，是時候展開行動了。

這天夜晚，湯姆早早就溜了出來，他把波莉姨媽的舊玻璃提燈拿了來，還在燈外裹上一層大毛巾。兩人在哈克睡過的空桶裡等到半夜。等到旅館的門關了、燈也熄了。四周寂靜無聲，一切都籠罩在漆黑的夜色中。沒有人在巷子裡和旅館門口出現，一切歸於平靜，只有遠處偶爾傳來一、兩聲雷聲。

湯姆拿著提燈，在桶裡把它點亮，又用毛巾把燈給包起來，接著展開行動。他和哈克潛入夜色，朝旅館走去。哈克站在巷子外面等待，而湯姆摸黑走入巷子。

時間一分一秒流逝，哈克焦急地等待著。他開始祈禱，盼望能快點見到提燈的亮光，因為這表示湯姆還活著。

突然，面前有燈光一閃而過，接著是湯姆的身影飛快衝了過來。

「快逃！」

還沒等湯姆重複再說，哈克已經像一支離弦的箭，飛也似地逃了。兩人一路不停地跑，直到鎮外一個棄置屠宰場的棚子附近，才停下了腳步。他們跑進棚子的瞬間，天空正好下起了滂沱大雨。

湯姆等呼吸平緩後，立刻對哈克說明事情經過：

「簡直太可怕了！我小心翼翼地試了兩把鑰匙，但動作再輕還是一直發出很大的聲響，我怕的都要停止呼吸了。突然，鑰匙卡住了，怎麼也轉不動。我抓住門把，結果房門竟然打開了！原來那扇門根本沒上鎖！我趕緊溜進房間，扯下包裹提燈的毛巾後……媽呀，我差點被嚇死！」

湯姆說到這裡，停頓了一下。哈克的手心直冒冷汗，大氣都不敢吐一口。

「湯姆，你究竟看見了什麼？」

「我差一點就踩到印江．喬的手！」

哈克瞪大眼睛，驚訝地問：「真的嗎？」

「真的！他就躺在地上，睡得很熟。眼睛上還貼著一塊紗布。」

「天啊！然後你做了什麼？他醒來了嗎？」

「沒有，他動也不動。大概是喝醉了。我抓起毛巾，拔腿就往外跑。」

「你竟然還記得毛巾！如果是我，一定連毛巾都不要，直接往外跑了。」

「那當然，忘了毛巾，姨媽絕對會處罰我的。」湯姆篤定地說。

「那麼，湯姆，你見到那個箱子了嗎？」

「我沒看到那個箱子，也沒看見什麼十字架。除了印江．喬和一地的酒瓶和酒杯外，好像什麼東西也沒有。」

「不過，既然他喝醉了，對我們來說，這倒是一個好機會，我們可以到那個房間去查看一下！」哈克說。

為了決定回去查探房間的人選，兩個孩子互相推托了半天，但誰也沒有膽量確定印江．喬人在房間，還跑進去做調查，於是他們只好暫時放棄這個計畫。

湯姆說：「我們就每晚守在這裡，等到印江．喬出門的時候，我們再去他房間裡找箱子，只要一找到就立刻把它拿走！」

他們決定讓哈克白天睡覺，晚上再到空桶裡守著，只要看見印江．喬出門，哈克就會去湯姆家附近學幾聲貓叫，通知他過來。湯姆也答應沒事不會在白天找哈克，讓他能好好休息。事情決定之後，湯姆便回家去了。

禮拜五一早，湯姆得到一個非常令他振奮的消息：貝琪一家從外地度假回來了！一時之間，就連印江．喬和寶藏的事情都變成次要的；貝琪已經占據湯姆全部心思。終於，他又見到貝琪了。這天，他們和一群同學一起玩捉迷藏和各種遊戲，玩得非常盡興。

離開時，湯姆又開心地得知：貝琪的母親同意第二天舉行野餐聚會，就是上次貝琪邀請過大家的聚會。這真是個天大的好消息。貝琪高興極了，湯姆也十分興奮。邀請的卡片像雪片一樣發到很多同學手上，大家都開始積極籌備，希望能讓聚會更精采有趣，有些人甚至激動得徹夜未眠。湯姆多麼希望那天晚上就能聽見哈克的貓叫聲，讓他能和哈克一起找到那袋金幣，在第二天的聚會上發給其他的孩子。可惜，他的希望落空了。

天終於亮了。接近中午的時候，貝琪家門口聚集了許多孩子，大家早已準備就緒，就等著出發了。這次聚會有幾位十八、九歲的大孩子參加，由他們來照顧年齡較小的孩子。家長都沒有參加，以免破壞孩子們玩樂的興致。

他們在河邊租了一艘渡輪，孩子們歡天喜地地背著要吃的食物，浩浩蕩蕩地上了渡輪。貝琪的媽媽還告訴貝琪，如果聚會結束的時間太晚，可以就近先暫住在哈珀家，隔天再回家。

湯姆知道了，便纏著貝琪，讓她一起到卡迪夫山上的寡婦家裡休息。貝琪猶豫了一下，終於還是答應了。寡婦的丈夫是鎮上的警官，可是前幾年病逝了。他們沒有孩子，所以，寡婦對鎮上的孩子都很好，常常請他們到家裡做客，準備各種美味佳餚招待他們。

「你媽媽不會知道我們沒在哈珀家過夜的，而且寡婦做的冰淇淋很好吃！」湯姆興致勃勃地說。

湯姆和貝琪約定不向任何人透露這個計劃。雖然湯姆有想過今晚哈克可能會來找他，可是能和貝琪相處一整晚的誘惑太大，他決定先不去想那件事。

快樂的渡輪在山谷一處樹木叢生的渡口停靠。孩子們蜂擁而下，茂密的叢林和陡峭的山崖間，瞬間迴盪著孩子們陣陣的笑聲和歡呼聲。等大家玩得滿頭大汗、筋疲力盡，成群結伴回到營地時，年齡較大的孩子已經為他們準備好了豐盛的午餐。孩子們狼吞虎嚥，把所有的食物被一掃而空，然後就在樹蔭下悠閒地乘涼聊天。休息一陣子之後，有個孩子大聲提議：

「誰想去山洞裡探險？」

「我去！」

「我也去！」

孩子們紛紛響應，一群人各自拿著蠟燭，蹦蹦跳跳地往山上前進。洞口就位在半山腰上，人字形的山洞外有一扇又重又大的橡木門。門並沒有上鎖，孩子們能輕易就打開。當門一推開，冰涼空氣撲面而來，離門口最近的孩子大喊：

「裡面真涼快，我們趕快進去吧！」

一進山洞，裡面是一個像小房間一樣的石窟，冷得像冰庫。四周牆壁是天然的石灰岩，上

頭凝結的露水晶瑩剔透。站在幽暗的洞中往外看，會看見綠油油的山谷在陽光底下閃亮，十分浪漫神祕。

這個山洞其實是一座龐大的迷宮，主通道寬不過八到十英尺，每隔幾步，兩旁就有另一條狹窄的通口分叉出去，整座大山洞窟，彷佛是個龐雜交錯的大迷宮，不知通往何處。鎮上流行著一個傳說：有人走進這個山洞，在錯綜複雜的通道中鑽了一天一夜，也沒有找到出口。

孩子們點燃蠟燭，沿著主要的通道依序走進山洞。隊伍沿著主通道在洞裡行進了七、八百公尺後，通道開始分叉，孩子們分成了好幾個小隊，在幾條陰森森的岔道上奔跑，找到機會就互相偷襲。

這樣開心地玩一段時間之後，孩子們才依依不捨地回到洞口。他們一個個氣喘吁吁，興高采烈，看到同伴才發現，大家身上滴滿蠟油，裹滿泥巴。

痛痛快快地玩了一天，等他們抬起頭，才發現暮色已經降臨。渡輪在岸邊等待，大家雀躍地登船。一天結束，渡輪載著一群意猶未盡的乘客們返航了。

渡輪的燈光一搖一閃從碼頭邊經過時，哈克已經開始守夜了。天空中雲朵漸漸聚集，天色越來越黑。十點鐘，街上已經杳無人煙。到了十一點，旅館裡零星的燈火漸漸熄滅，整個小鎮漆黑一片，只留下哈克一個人，孤單地與周圍的寧靜為伍。哈克靜靜地等了很長的一段時間，卻一點動靜也沒有。他心想，守在這裡真有用嗎？不如回去睡覺算了。

突然，一陣聲響打破寂靜的夜晚。哈克立刻睜開眼睛，豎起耳朵。旅館朝著巷子的那扇門輕輕被關上，緊接著兩個人影從他埋伏的空桶旁匆匆走過，其中一個人的手臂下似乎夾著什麼東西。

哈克心想：「那一定是金幣箱子，看來他們是要把寶藏搬走。啊！現在來不及去叫湯姆了，我一走他們肯定就溜了！我一定要緊緊地跟著他們，才能找到他們放藏寶箱的地方！」

哈克光著腳走出桶子，利用黑夜的掩護，靜悄悄地跟在那兩個人後面，像隻貓一樣，不發出任何聲音。那兩個黑影沿著街道，一直走向通往卡迪夫山的小徑。他們快速地走著，中途還經過了老威爾斯曼的家。哈克想：「難道他們準備把東西埋在舊採石場裡？」

但是他們只是路過採石場，並沒有停下腳步。相反地，他們鑽進了茂密的樹叢，瞬間消失在哈克的眼前。哈克一著急，也顧不上自己的安危了。他快步走向前，跟隨黑影的腳步，鑽進了樹叢。

走著走著，哈克突然聽不到那兩個人的聲音了。他把腳步放慢，整座山裡頭除了他的心跳聲，萬籟俱寂。哈克心想：「難道我跟丟了？」他抬腿就想往前追，就在這時，離他不遠的地方突然傳來一聲輕輕的咳嗽聲！

哈克嚇得心跳加速，但他強迫自己冷靜下來，動動眼珠子觀察了一下四周，突然發現，這不是寡婦家附近嗎？難道他們要把東西埋在這裡？

這時有人說話了，「她家的燈還亮著。都這麼晚了，莫非有人跟她在一起？」那是印江．喬的聲音。

「的確有人和她在一起，我們還是放棄吧！」他的夥伴說。聲音聽起來，應該是鬼屋裡的那個陌生人。

一陣恐懼的寒意襲上哈克的心頭，他瞬間恍然大悟：「原來這就是他們說的『復仇』啊！」一想到寶藏並沒有在這裡，而自己卻身陷險境，哈克第一個念頭就是逃跑。但是他又想到，和善大方的寡婦經常請他吃東西，而這兩個人也許想要謀害她！他該怎麼辦？

印江．喬又說話了：「今天我要是不報仇，以後恐怕就沒機會了！她那個當警官的丈夫，曾經把我當成無業遊民，丟進牢裡關起來！他仗勢欺人，然後就這麼死了。今天，我要向他老婆討回公道！完成這個復仇計畫，我們就帶上那筆錢遠走高飛，再也不回來。」

「千萬別再殺人！」他的夥伴聲音顫抖地說。

「我不會殺她。對付女人最好的方法莫過於從她的外表下手，只需要在她的臉上劃兩刀，讓她毀容就好。」印江．喬冷酷地說。

「好吧，要是非做不可，那我們就快點動手吧！」他的夥伴說。

「不行！現在燈還亮著，一定還有其他人在那。我們得等燈熄了再動手。」

接下來的一段時間裡，沒有任何人說話，這種沉默比任何關於謀殺的言語來得更讓人恐懼，看來那兩個人是勢在必得了！哈克拚命屏住呼吸，小心翼翼地倒退了一步。他先是用一條顫抖的腿支撐住他的身體，然後用盡全部力氣保持平衡，接著再移

動另一條腿緩緩往後踩下去。就這樣，哈克一步接著一步倒退著走，不時得停下來，輕輕喘口氣，然後才再繼續。

突然，喀嚓一聲！他踩到了一根樹枝。他嚇得馬上憋住氣，接著扭頭拔腿狂奔。他一直跑，一直跑，跑到了老威爾斯曼的家。他用力地敲著門。

老威爾斯曼和他兩個兒子從窗戶探出頭來，「是誰呀？這麼晚了，有什麼事情嗎？」老威爾斯曼和他的兩個兒子問道。

哈克著急地大叫，請他們趕快開門。腳一進門，他馬上說的一句話就是：「請千萬別告訴別人是我說的，不然我會被人追殺的！」

屋主和兒子三人面面相覷，還沒有弄清究竟發生了甚麼事。哈克一口氣把看到一切全盤托出。老人立刻安慰道：「放心吧！孩子，我們一定不會說出去的。」說完，他就和兩個兒子全副武裝地上山去了。

哈克沒有和他們一起上山，而是躲在一塊大圓石後面靜靜地等著。四周安靜得連一片落葉掉在地上的聲音都能聽見，哈克焦急地等待著，突然，前方傳出一陣槍聲和一聲痛苦的喊叫，哈克嚇得渾身發抖，不顧一切直奔下山去了。

第二天一早，太陽剛剛升起，老威爾斯曼家的大門再度被敲響了。站在門口的，正是一整夜不敢闔眼的哈克。老人熱情地讓哈克進入屋裡，並做了一頓熱氣騰騰的早飯給他吃。哈克狼吞虎嚥地吃完飯，抹了抹嘴巴，對老人說：

「我昨晚被槍聲和叫喊聲嚇個半死，所以當場就拔腿跑了。」

「看來你夜裡受了不少罪啊！吃完早餐後先在這睡一覺吧！不過孩子，他們並沒有被打死。昨晚我們拿著槍，正慢慢地逼近他們身邊的時候，我突然打了個噴嚏，驚動了那兩個壞傢伙。他們飛快地跑進小路，我和兩個兒子就朝聲音傳來的方向開了好幾槍。但是一眨眼，他們就跑遠了。我們跟著衝過去，可是後來就再也沒聽到他們的聲音。最後，我們只能下山報警。

「現在天亮了，警長馬上會帶人在樹林附近搜索，找出那兩個傢伙的蹤跡。我們誰也沒看清那兩個壞傢伙的長相，我想你也不知道他們長什麼樣吧？」

哈克想了想，覺得還是不要說出真相比較好。所以他只是告訴他們，那其中一個是鎮上新來的又聾又啞的西班牙人，另一個人則總是穿著一身破爛衣裳。

老人一拍大腿說：「我認識他們！我以前就在寡婦家附近見過那兩個人，當時他們看了我一眼就溜走了。」

老人叫他的兩個兒子立刻動身去鎮上告訴警長。在他們臨走時，哈克向他們苦苦哀求，請他們千萬別說事情是他透露的。

兩個年輕人走了以後，老人問了哈克一些問題，然後嚴肅地再次追問：「孩子，你不用害怕。看來你知道那個又聾又啞的西班牙人是誰。快告訴我，這一切究竟是怎麼回事？」

哈克沒有辦法，只好在老人耳邊低聲說：「那不是西班牙人，那是印江．喬！」

老人聽完之後暴跳如雷，「什麼？原來是那個殺人犯！」

接著他對哈克說，昨晚他和兒子睡覺前又回去寡婦家附近查看了一次，希望能確定那兩個傢伙有沒有中槍，可是什麼也沒找到，只找到一個布包。

哈克瞬間瞪大雙眼，「布包？」兩個字不經意就脫口而出。老人吃驚地看著哈克，不知道他為什麼那麼緊張。

老人接著說：「布包裡只有一捆繩子。」

哈克身體往後一靠，輕輕舒了一口氣。既然布包裡裝的不是金子，那金子肯定在安全的地方。現在那兩個傢伙正在躲避追緝，一定不敢回來。等他們被關進大牢，他和湯姆就可以不費吹灰之力地拿到那些財寶了。

早飯剛吃完，就有人來敲門！哈克嚇得跳起來，慌忙想找地方躲藏。來的人的是寡婦和幾個鎮上的人。他們看到很多警察上山，不知道究竟發生了什麼事，於是來打聽狀況。

老人將昨晚發生的事說了一遍，寡婦才知道自己逃過一劫。她向老威爾斯曼一家人表達感謝，沒想到老人卻說：「夫人，真正保護你的另有其人，可是他不讓我們透露他的名字。沒有他，我們也不會知道您可能有危險呢！」

大家都想知道這個做好事卻不留名的人是誰，老人卻說什麼也不肯透露，人們只好帶著疑惑離開了。很快的，這件離奇的事件和那個神祕英雄的事蹟就傳遍全鎮，前來詢問的人幾乎踏平老威爾斯曼家的門檻，老人只好一遍又一遍地將故事說給大家聽。

而哈克自從那天逃跑之後，氣色就一直不太好，後來甚至還發了高燒。現在，哈克正躺在床上睡覺，他幾乎說了一整夜的夢話。因為醫生們恰好都不在鎮上，於是好心的寡婦便過來悉心地照料他數日。或許在很多人眼裡，哈克是個不聽話的壞孩子，可是在她眼裡，哈克只不過是個缺乏人愛的孩子。她輕輕地撫摸著哈克蒼白的臉，喃喃說著：「可憐的孩子，你還不知道湯姆出事了吧？」

第八章　黑洞迷蹤

原來，在哈克拯救寡婦的這段時間裡，湯姆和貝琪卻陷入一場巨大的危機中。哈克重回老威爾斯曼家那天上午，人們集合在教堂，談論著前一晚發生在卡迪夫山上的事，貝琪的媽媽和波莉姨媽也在其中。貝琪的媽媽走到哈珀太太身邊她：「我們家貝琪是不是還在你家睡覺？」

「你家貝琪？」哈珀太太疑惑地問。

「是啊，難道她昨晚沒去你家嗎？」貝琪媽媽驚訝地問。

「沒有啊！」

聽見哈珀太太的回答，貝琪媽媽的臉色頓時變得慘白，一屁股癱坐在旁邊的椅子上。這時波莉姨媽也走過來，向她們打招呼：

「早安，兩位夫人。我家湯姆昨晚也沒回來，不知道是不是住在你們誰家呢？等他回家來，我一定會好好教訓他。」

貝琪的媽媽和哈珀太太都搖搖頭。波莉姨媽著急了，她轉頭問喬·哈珀今天有

沒有見過湯姆，喬也說沒有。周圍的人們都停下腳步，圍上前關切，一時間，大家都為兩個失蹤的孩子著急起來。

所有人開始詢問昨天一起出遊的孩子，有沒有看見湯姆和貝琪，結果誰也沒注意到他們是否上船，也沒有人清點人數。突然，一名年輕的男子驚聲大呼，脫口說出大家最不想聽到的事情：

「他們倆還在山洞裡，根本就沒有出來！」

聽見這個消息後，貝琪媽媽傷心地暈了過去，而波莉姨媽也開始失聲痛哭。這個驚人的消息迅速傳遍整座小鎮。教堂的鐘響了起來，人們紛紛開始展開搜救行動。此刻和失蹤的孩子相比，那兩個在逃的通緝犯根本就不算什麼。半個小時後，河岸聚集了大約兩百多個人。大家備好馬鞍，登上渡船，準備尋找湯姆和貝琪的下落。波莉姨媽和貝琪媽媽焦急地等待著，全鎮的人也都陪著他們一起殷殷等待。可是一夜過去，並沒傳回任何振奮人心的消息。

接近中午時，大部分搜救人員都撤回來了，只剩幾個年輕人還留在山洞裡繼續搜尋。人們把山洞裡熟悉的地方都走遍，連從沒進去過的地方也進去了，卻只看到隔著洞壁的另外一群搜救小隊所照出的火光，始終沒發現那兩個孩子。有人在一個洞窟深處，發現石壁上有用燭火燻出的「湯姆和貝琪」幾個字，旁邊還留著貝琪衣服上的絲帶。可是再往裡搜尋，卻什麼都找不到了。他們帶回那條絲帶，貝琪的媽媽收下後，抱在懷裡哭個不停。

又一天過去，依然沒找到湯姆和貝琪。到了第三天，村子裡一片死氣沉沉，誰都沒有心思做事。

而另一邊，大病初癒的哈克，正小心翼翼地向寡婦詢問有關那家旅館的事情，還試探地問了一下，在他生病的這段期間裡，有沒有人在那家旅館發現什麼不尋常的東西。沒想到寡婦立刻回答：「是找到了一點不可告人的東西。」

哈克激動地直接從床上坐了起來：「發現什麼啦？」

「酒！那家旅館是禁酒的。」寡婦回答，「孩子，怎麼啦，你嚇了我一跳啊！」

哈克緊接著問：「是湯姆發現的吧？」

寡婦聽到這句話便傷心地哭了起來，一時不知該說些什麼才好。哈克到現在還被蒙在鼓裡，渾然不知湯姆失蹤的事情，他滿腦子都還想著金子一定被印江．

喬藏到別的地方去了。他沉浸在惆悵的情緒裡，完全沒有去想寡婦為什麼會哭。

寡婦暗自想：「這個可憐的孩子，事情雖是湯姆發現的，遺憾的是，他失蹤了那麼久，到現在還下落不明。」

現在我們把時間倒回湯姆和貝琪參加野餐那一天——他們跟著其他孩子一起穿過昏暗的通道，遊覽洞中各種奇景。那些奇景都被冠上特別的名稱，例如：「會客室」、「教堂」、「阿拉丁皇宮」等等。之後，大家開始玩起遊戲，湯姆和貝琪也興奮地加入其中，起初大家都玩得很起勁，後來不少孩子玩累了，便開始走出洞外。

湯姆和貝琪舉著蠟燭繼續往深處走去，不知不覺來到一個地方，那兒有一條小溪從岩層上往下滴流，夾帶石灰殘渣，經年累月形成鐘乳石。湯姆發現一處天然陡梯，於是萌生探險的念頭，貝琪也願意與他同行。他們先在石壁上燻上自己的名字，好作為回頭指引的路標，然後就繼續往前走去。或許是玩得太開心，湯姆和貝琪根本沒注意山洞裡只剩下他們兩個。

他們一路蜿蜒前進，深入洞穴地底下一處神祕的境地，再做了另一個記號；接著又走入一條岔路。他們左轉右轉，一心想著要發現一些新奇的事物，好回去向人炫耀。到了某處，他們發現了一個很寬敞的地方，洞穴的頂端垂下很多的鐘乳石。湯姆和貝琪不禁對眼前的奇觀大呼驚喜。

然後，他們從數個分岔的通道中選擇了一條路離開；不久，來到另一處神奇的地方。那裡有一汪泉水，泉水池邊覆蓋著一層閃閃發亮的水晶體霜花。這處泉水是在一個石室的中央，四周牆壁垂掛著許多美麗的鐘乳石和石筍，是經過幾世紀涓滴不息的水珠所形成的。

就在他們準備折返時，突然發現洞穴上方有一群蝙蝠被燭光驚動，紛紛朝他們的方向撲飛過來。不巧，有一隻蝙蝠打翻他們手中的蠟燭，整個洞穴頓時漆黑一片。

湯姆顧不得尋找回去的路，拉著貝琪拔腿就跑。蝙蝠追了他們倆好長一段路才放棄；等他們擺脫這些可怕的東西時，卻發現自己在一個地下湖的旁邊。他們重新點燃蠟燭，互相攙扶著對方坐下來，這才發現其他孩子早已不知去向。

「湯姆、湯姆，我們迷路了，我們永遠都沒辦法走出這個可怕的地方了！哦，真是的！當初我們真不該單獨行動！」

貝琪非常不安，很想往回走，可是一想到掉頭回去要重新面對那些可怕的蝙蝠就退縮了。更何況，剛才這一路橫衝直撞下來，已經不記得任何路線，沿途也沒做任何記號。兩個孩子一邊在心中祈禱著不要迷路，一邊憑著印象繼續走，可是怎麼也走不出這個「迷宮」。最後湯姆只好承認：他們迷路了。

貝琪一聽，癱坐在地上大哭起來，任憑湯姆怎麼安慰都沒有用。等哭夠了，貝琪才又起身繼續找路。兩個孩子就這樣一路走走停停地在洞穴裡摸索，最後身體實在支撐不住，只好坐了下來休息。貝琪開始想家，忍不住又哭了起來。哭了一會兒，她疲憊地靠在湯姆身上沉沉睡去，湯姆也藉此稍作休息。

「湯姆，我夢見一個美麗的地方，我們就快要到那裡去了！」貝琪醒過來，悠悠地說了這一句話。

「不會的，貝琪。來，我們繼續找吧！」湯姆說。

他們手挽著手又開始漫無目標地尋找。湯姆感覺他們好像已經困在地底好幾個禮拜了，可是始終一籌莫展，找不到回去的路。

不久後，他們找到先前發現的那處泉水。湯姆將一截蠟燭用泥土粘在石壁上，拉著貝琪坐了下來，並從口袋裡拿出一點食物給貝琪吃。貝琪無神的雙眼立刻有了光芒。

「湯姆，你竟然還有吃的！這不是我們之前做的結婚蛋糕嗎？」

「是啊！它要是再大一些就好了。我本來想留著不吃，以後可以做個紀念。」湯姆說著，把蛋糕分成了兩半。貝琪一拿到食物便開始狼吞虎嚥，湯姆卻小口小口咬著，不敢多吃。吃完蛋糕以後，他們還喝了一些泉水。不久，貝琪建議繼續往下走，湯姆卻沉默不語。突然，湯姆認真地對貝琪說：

「聽我說，貝琪。我們必須待在這裡等待救援，這裡至少有水喝，而且我們就只剩下這一小截蠟燭了。」

貝琪開始放聲大哭。湯姆努力地安撫她說，等那些孩子回到家，大人們一定會發現他倆沒回去，很快就會派人來找他們；可是貝琪卻哭得更大聲。這時，湯姆突然想起，貝琪那天晚上原訂是不返家的，因此，等大人們發現他們失蹤，應該是第二天中午以後的事了！兩個孩子開始心驚膽戰地盯著那最後一點點蠟燭，只能眼睜睜地看著它熄滅。

時間不知過了多久，貝琪醒了就哭，哭累就睡，湯姆也一直昏昏沉沉的。有一次他們醒過來時，再度被飢餓折磨得受不了。於是，湯姆把自己不捨得吃掉的半塊蛋糕，和貝琪分著吃了。這時候，湯姆聽到遙遠的地方似乎傳來一聲呼喚，他馬上回應了一聲，隨即拉起貝琪的手往聲音傳來的方向走去。他們一路用腳探索地面，小心翼翼地前進，可是不久，他們便碰上一個深不見底的大坑，無法再通行。

湯姆和貝琪只好停留在原地，等待外面的人順利找到他們。可是那呼叫聲卻變得愈來愈遠，最後竟消失了。湯姆情急之下放聲大喊，一直喊到嗓子沙啞也沒用。他們又摸黑走回泉水旁，繼續醒醒睡睡地等待。等他們再次醒過來時，肚子也再次飢腸轆轆，感覺真是難受極了！湯姆突然想到一個主意，他從口袋裡掏出一捆風箏線，把它綁在一塊固定的石頭上，一邊摸索向前，一邊放線。順著彎彎曲曲的通道，湯姆來到走道盡頭，發現前面是一處陷落的地勢。正當他準備跪在地上伸手往下探索時，突然從另一邊的岩石後面出現另外一隻拿著蠟燭的手！

湯姆以為有人進來找他和貝琪，高興地大叫起來，想要引起注意。但是當那人的身體從石頭後面閃出來時，湯姆驚覺：那不是印江．喬嗎？湯姆嚇得癱在那裡，動彈不得。幸運的是，印江．喬發現洞穴裡面有人，也嚇了一跳，大叫一聲後，拔腿就跑。湯姆心想，印江．喬八成沒有認出自己的聲音，否則他一定會跑過來報仇。自己經過這次的驚嚇後，湯姆沒有力氣再奔跑及喊叫，只能沿著原路折返。他並沒有讓貝琪知道自己遇見印江．喬。

貝琪已經非常虛弱地躺在地上，可是她懇求湯姆帶著風箏線再去試試，一定要找到出去的路。湯姆難過極了，但他仍然表現出信心滿滿的樣子，請貝琪相信他一定會做到，隨後，就抓著風箏線朝另一條通道走了出去。

時間已經到了禮拜二下午。夕陽西下，全鎮的人都沉浸在悲傷的氣氛中。山洞那邊還有幾個人依然鍥而不捨地尋找著湯姆和貝琪，可是大部分的人都已經放棄。人們都說那兩個孩子應該已經罹難了。貝琪的媽媽病得很重，嘴裡含糊不清地叫著女兒的名字；波莉姨媽原先灰白的頭髮現在幾乎變成了全白。夜幕降臨，人們懷著悲傷的心情各自回家。午夜時分，教堂的大鐘突然響起。人們穿著睡衣跑到街上，聽見有人大聲叫喊著：

「找到他們啦！找到他們啦！」

人們頓時湧向河岸，鑼聲、鼓聲和號角聲響徹整個小鎮。一架敞篷車載著那兩個孩子停在路中間，歡呼聲更是一陣高過一陣！

那一夜，全鎮的人幾乎都沒有睡覺，他們像水流一般全都湧到貝琪家，擁抱著兩個獲救的孩子，在他們臉上親個不停。波莉姨媽笑得眼睛都眯成了一條縫，而貝琪媽媽的病立刻不藥而癒了。

湯姆躺在沙發上，向周圍一大群急切的聽眾講述著他那曲折離奇又有趣的探險經歷。當然湯姆也不忘大肆加油添醋一番，他描述自己如何留在貝琪身邊，然後用風箏線幾次探索失敗以後，最後依然不放棄地再放出一捆，並沿著通道往前走。他走了兩條通道，接著又往第三條通道走去，可是風箏線已經不夠長了，就在他準備掉頭回去時，突然看見遠處有一抹亮光，看上去像是日光。

於是，他放下手中的線，朝小亮點匍匐前進，發現那果然是一個狹窄的洞口。他用力把頭和肩膀從洞穴裡擠出去，發現一條寬闊的河流瞬間映入眼簾！他感到非常慶幸：如果當時是夜晚，他就不會看到那一絲光亮，也就不會找到出口了。

他興高采烈地回去接貝琪，說服貝琪相信他真的找到了出口。湯姆先爬出洞口，又費了好大的力氣才把貝琪從裡面拉出來。他們坐在洞口大喊，引起一艘小船上的人們注意。那些人說什麼都不肯相信他們離奇的故事，因為他們爬出來的地方離山洞入口足足有好幾哩遠呢！

湯姆和貝琪很快發現，在山洞裡挨餓了三天三夜，不是一時片刻就可以恢復的。回到家的湯姆在床上整整躺了四天才漸漸恢復體力，到了禮拜六，他才恢復往日生龍活虎的樣子。可是貝琪直到禮拜天才走出臥室，而且看上去仍然十分虛弱。

湯姆聽說哈克病了，也聽說了卡迪夫山上發生的事，還聽說那個陌生人被發現陳屍在河邊的小船靠岸處，很可能是企圖逃跑時落水淹死了。

湯姆從洞穴獲救已經過了兩週，期間他不斷地去探視生病的哈克。終於，哈克也逐漸康復，可以聽一些比較刺激的事情。湯姆已經迫不及待想把一些重要的事情告訴他。

今天在前往探視哈克途中，湯姆也順道去探望貝琪。在她家的時候，有人開玩笑地問湯姆還願不願意「舊洞重遊」？

湯姆很果斷地說：「要我再去探險一次也沒有問題！」

貝琪的爸爸就說：「是啊！湯姆，我一點也不懷疑你的冒險心。而且相信，肯定還有像你這樣愛冒險的人，會再度進入山洞。所以我們現在做了一些預防措施，今後保證再也不會有人在山洞裡迷路了。」

湯姆疑惑地問：「法官大人，您為什麼這樣說呢？」

貝琪爸爸告訴湯姆：「兩個星期以前，為了防止再有人到洞穴探險迷路，我已經在大門上釘上一塊鐵板，並上了三道鎖。鑰匙則交由我保管。」

聽到這話，湯姆的臉色瞬間變得像紙一樣慘白。

「孩子，你怎麼啦？」貝琪爸爸問。

湯姆吞吞吐吐地說：「法官大人，印江·喬還在洞裡呢！」

短短幾天，小鎮又被這個驚人的消息轟炸了一次。這一回不到幾分鐘，消息就全面傳開了。渡輪再次載滿乘客往山洞駛去。打開洞口的鐵門後，人們全被眼前的景象嚇得張目結舌：印江·喬倒在地上，已經死了！他的周圍有幾隻蝙蝠的爪子，看樣子是他啃剩下的。他的獵刀在他身旁，已經斷成兩截。門下的大橫木已被砍碎，但外面還有顆岩石擋著，就算有獵刀也救不了他。

附近有一根石筍從地面往上生長了好幾個世紀，是由洞穴上方的鐘乳石滴下水滴而成。印江·喬這個受困者打破石筍，在柱面上放了一塊石頭，石頭上面挖了一個淺淺的凹槽，用來接取上面落下來的珍貴水滴。可以想像印江·喬臨死前曾經試圖用獵刀挖開一個洞，想要逃出去，卻失敗了；在生命的最後時刻，靠著這一點點水和偶爾飛出的幾隻蝙蝠苟延殘喘。最終，還是活活餓死了。

後來，人們來參觀這個石洞奇景時，都會駐足在此地，盯著那塊令人傷心的石頭和涓涓流下的水滴，彷彿在憑弔印江・喬的悲涼下場。湯姆能體會印江・喬最後的絕望；但是他的死，可以讓湯姆從此以後都不再需要擔驚受怕了。

印江・喬最後就埋在石洞口附近。周圍幾個小鎮的居民都趕來觀禮。

那天上午埋葬印江・喬後，湯姆把哈克帶到一個僻靜的地方，打算跟他說一件重要的事。但湯姆還沒開口，哈克就搶先說：

「湯姆，我知道你要說什麼。你到過『二號』，但除了威士忌酒外，什麼也沒找到，也沒發現到那袋金幣。我覺得我們永遠也得不到那筆錢了。」

「哈克，你知道了？那次之後，隔兩天就是星期六，我去野餐聚會時受困在山洞裡。可是同一天晚上你不是在守夜嗎？」湯姆不解地問。

「噢，不是！那天夜裡，我一個人跟蹤印江・喬和他的同夥到了寡婦家。」哈克把那天晚上的經過告訴湯姆，說完之後，他大大地嘆了一口氣：「我看錢一定被其他人偷走了。」

「哈克，那筆錢根本就不在『二號』。我們先前弄錯地方了！」湯姆盯著哈克說：「錢就在山洞裡。」

哈克的眼睛頓時閃閃發亮，難以置信地望著湯姆。

「哈克，我沒騙你。你願意和我一起去山洞嗎？」湯姆誠懇地問。

「你是怎麼知道的？」哈克問。

「到時再說吧！要是找不到那些錢，我就把所有的玩具都送給你！」

「好，就這樣說定了。你想要什麼時候去？」

「就現在吧！但你身體撐得住嗎？」

「要進入到很深的地方嗎？我已經休息三、四天了，但現在還是不能走太遠的路。」

「別人去的話要走五哩路，但我不用，哈克，我知道一條別人不知道的捷徑。我會用小船載你去，然後把小船停在河邊，找到寶藏後再划回來。你不必費任何力氣。」

「那我們馬上出發吧！」

「好！我們還要帶兩、三綑風箏線，以及一些火柴。」

中午過後，他們立刻動身，帶上一些食物和工具便出發了。他們向一戶人家借了一艘小船，沿著河划行至「空心山洞」不遠處，湯姆說：

「你現在看這片峭壁，覺得好像從『空心山洞』下來，都是一個樣子，但是你有沒有看到那塊山崩過、白白的地方？那就是我們的記號。我們現在要靠岸了。」

他們上了岸之後，湯姆便說：

「哈克，這個地方離我們的洞口很近，你能找到嗎？」

哈克把周圍都找遍了，還是什麼都沒有發現。湯姆走進一片茂密的樹叢，說：

「就是這裡！別人都不知道這裡還有個洞口，所以你可要守住這個祕密。我們以後就把這裡當成據點，成立一個強盜幫——就叫『湯姆．索耶幫』，你覺得怎麼樣？」

哈克十分贊同湯姆的想法。一切準備就緒後，便由湯姆帶頭，進入洞穴。兩人綁好了風箏線後，便迅速沿著通道前進。

第九章　發現寶藏

濕寒的山洞又窄又長，他們手裡握著風箏線，僅走幾步路便到了那處泉水的所在地。湯姆指著洞壁上用一小團黏土粘著的蠟燭芯，告訴哈克他當時和貝琪被困在這裡，眼睜睜看著燭光熄滅的情景。哈克聽得起一身雞皮疙瘩，催著湯姆繼續往前走。於是，他們繼續前進，拐過幾道彎，來到湯姆遇見印江．喬的地方。接著，又走了一段路後，湯姆小聲地說：「現在給你看一樣東西。」然後他舉起蠟燭往遠方照去：「看見了嗎？那個角落有一個用蠟燭燻出來的記號。」

「湯姆，那是一個十字架！」

「還記得印江．喬說過什麼嗎？『在十字架的下面』，沒錯吧？我當時就是在這附近看見他伸出拿著蠟燭的手。」

哈克朝那個神祕的符號凝視了一會兒，嘴唇顫抖著說：「印江．喬的鬼魂說不定在這裡，我們還是快走吧！」

湯姆信心十足地說：「他的鬼魂只會待在他死去的地方，那離這裡還遠著

呢！」

這話一下子打消了哈克的顧慮。他們沿著十字架下面的坡道爬下去，湯姆在前，哈克在後。坡道的正下方是一個石頭小洞，洞的中心立著一塊大石頭，四邊各有一條通道可以通行。他們在離大石頭最近的那條通道上發現了一個凹洞，裡面鋪了一張毯子，洞壁上還掛著一個舊籃子，裡面裝著各種啃得只剩下骨頭的殘骸。除此之外，什麼也沒有。兩人到處找了又找，始終沒有任何結果。湯姆說：

「印江．喬曾經說過在十字架之下，而這裡恰好是離十字架最近的地方。況且他不可能把寶藏直接放在大石頭下，因為石頭緊緊貼著地面，沒有任何空隙。」

於是，湯姆和哈克又繼續四處尋找，還是沒找到任何東西。哈克非常洩氣地坐了下來，可是湯姆卻沒有灰心，繼續觀察著四周。突然，他說：

「哈克，你看！這塊石頭上僅一面有著足印和蠟油，其他面都沒有！我敢說，寶藏一定就藏在這裡！」

哈克高興地站起來：「湯姆，這是條非常好的線索！我們趕緊開挖吧！」湯姆馬上掏出那把珍藏已久的小刀，奮力地挖掘起來。果然沒幾分鐘，就聽見小刀碰撞木頭的聲音。

哈克也開始徒手挖掘。沒多久，他們就挖到幾塊木板。他們搬開木板，發現底下原來是一個通往石頭正下方的祕密通道。他們彎著腰走進洞口，看見一條螺旋形的狹窄小道。左彎右拐大約十來分鐘後，湯姆突然大叫：

「天哪！哈克，你快看！」

在他們眼前的正是他們夢寐以求的破鐵箱，它被封存在洞穴盡頭的一個隱密的小石窟裡，旁邊還擺著一個空火藥桶、幾支槍，還有一些垃圾，但都已被洞裡的水氣浸得濕漉漉的。

兩個孩子走到破鐵箱前，對視了一眼，然後把雙手插進一大堆金幣裡撈了一把，哈克不敢置信地說著：「天哪，我們真的發財了！」

湯姆說：「哈克，我始終相信我們能夠找到寶藏！不過，我們不要在這裡待太久，還是趕快把箱子抬出去吧！」

他們試著把箱子抬出洞外，可是箱子非常沉重，就算兩個孩子費盡力氣，也只能勉強抬起一點點。

「這個箱子太重了，那天在『鬼屋』裡，我就注意到他們搬箱子搬得十分吃力。不如我們把錢拿出來，裝進我們帶來的布袋裡吧！」湯姆說。

兩個孩子立刻將金幣裝進布袋，然後扛著布袋往上爬。哈克提議把洞穴裡的槍也帶出去，好向其他孩子炫耀，但是被湯姆拒絕了。湯姆想要把這些武器留著，等他們將來當「強盜」的時候再使用。

不久，他們神不知鬼不覺地鑽出山洞，見河邊沒人，便趕緊上船。他們一邊輕快地划著槳，一邊愉悅地閒聊，然後在華燈初上的時候靠了岸。

他們決定先去找一輛小推車，把錢運到寡婦家樓上的小閣樓藏起來，等第二天一早再去清點平分。當他們才剛把錢袋放進小推車，就遇到了老威爾斯曼。

「孩子們，大家正等著你們呢！快走吧！」

老人急忙地帶著他們往山上走，兩個孩子只好困惑地跟在後面。

「這不是寡婦家嗎？」哈克疑惑地問。

但老人沒有回答，只是把兩人推進去，自己則幫他們把推車停在門外，才進到屋裡。

明亮華麗的客廳裡聚集了鎮上所有大人物，有柴切爾夫婦、哈珀夫婦、波莉姨媽、希德、瑪麗、牧師、報社編輯等人。為了寡婦舉辦的宴會，大家都特別穿得很體面。人們一看見湯姆和哈克進來，立刻對他們投以關切的眼神，寡婦則滿心歡喜地接待兩人，並叫人給他們換上帥氣的西裝。

宴會馬上就要開始了，湯姆和哈克在房間裡來回踱步。哈克忍不住說：

「湯姆，我們還是趕緊溜走吧！我真不習慣自己成為眾人焦點，更受不了自己穿成這副模樣！」

「我的好兄弟，你儘管放心，一切交給我，我會照應你的！」湯姆安慰道。

這時，湯姆的弟弟希德進來了。他不懷好意地說：「湯姆，姨媽等了你一個下午，瑪麗也把你上主日學的西裝準備好了，每個人都在替你著急。嘿！你身上的髒東西不是泥巴和蠟油嗎？」

「不用你多管閒事！」湯姆生氣地說，「不過，他們今晚為什麼要舉辦宴會？」

「因為寡婦要感謝老威爾斯曼一家幫她逃過一劫。而且……」希德賣著關子。

「快說！」

「鐘斯老先生今晚打算在跟大家說一個驚人的消息，可是今天早上他和姨媽在談論這件事的時候，被我聽到了。這是個祕密，但我想現在應該也不是了。而且今晚的宴會哈克一定要來，他要是不來，這個祕密就沒意思了。」

「到底是什麼祕密？」湯姆急切地問道。

希德說：「就是哈克跟蹤強盜到寡婦家的事。鐘斯老先生本來是想在宴會上把這件事告訴大家，給大家一個驚喜，可是顯然大家都已經知道了。」希德臉上露出得意的神情。

「希德，是你說出去的嗎？」

「別管是誰說出去的，總之，已經有人把那些祕密都告訴大家了。」

湯姆立即明白是怎麼回事。他握緊拳頭，咬牙切齒地說：「全鎮只有一個人會到處散布祕密，那就是你。那天，要是你看到強盜要去謀害寡婦，一定會嚇得直接跑下山，根本不會向人通報強盜的行蹤。你只會做些卑鄙無恥的事，就是見不得做好事的人接受大家的表揚！」

湯姆一邊說，一邊將希德趕出門外。

不久後，宴會開始了。鐘斯老先生繪聲繪影地講述哈克那天晚上的英勇表現。而人們因為都從希德嘴裡知道了這件事，所以只能裝出一副驚訝的樣子。突然間成為人們注目和表揚的焦點，讓哈克感到渾身不自在，這感覺比穿上一身整齊的新衣服更讓他難受。

鐘斯老先生講完後，寡婦便說她想收養哈克，並供他念書，她也願意節省開銷，將來幫助哈克經營一個小本生意。這時，湯姆逮住機會大聲地對大家說：「哈克才不需要用你的錢，他現在發財了！」

客人們哄堂大笑，但是湯姆卻認真地說：「不管你們信不信，哈克現在真的是個富翁。我馬上就讓你們知道這到底是怎麼一回事！」說完他就跑出門外。

客人們被弄得丈二摸不著頭緒，面面相覷，疑惑地看著哈克。而哈克彷彿舌頭打結了一樣，一句話也說不出來。

波莉姨媽心想湯姆一定又在耍花樣。但是，沒想到湯姆背著兩個沉甸甸的布袋，跌跌撞撞地衝進來，「嘩啦啦」倒了

一堆金幣在桌上。人們頓時瞠目結舌，一句話也說不出來。

「這筆錢一半是哈克的，一半是我的。」湯姆得意地說。

人們在一陣沉默後，紛紛要求湯姆解釋這筆錢的來歷。於是，湯姆馬上把整個尋寶的過程告訴大家。

湯姆講完後，鐘斯老先生推了推眼鏡，說：「我原以為今天我說出的祕密會令在座的各位震驚，現在看來，那簡直不值一提。」

眾人數完金幣後，發現一共有一萬兩千元。儘管在座的人當中，有幾位的家產遠比這些錢還多，但是還真的沒幾個人見過這麼大一筆錢堆在面前。

這一次，湯姆和哈克可算是真正出名了。他們無論走到哪裡，都會受到大人和小孩的羨慕及注視。

而且自從他們倆發了這筆意外之財後，人們便議論紛紛，大家心裡都在想：「為什麼自己就沒這樣的好運氣呢？」或許是大家想發財想昏了頭，竟然紛紛效仿湯姆和哈克的做法，展開尋寶活動。那時候，鎮上只要是廢棄的老房子，就一定會遭人拆解。一塊塊木板、一片片瓦片、一塊塊泥牆都被拆下敲碎，地基也被一點點掘開。人們在那些房屋的每個角落翻找，只為了找出可能藏匿其中的寶物。

宴會過後沒多久，寡婦正式收養哈克。她幫哈克把他的那筆錢做了點投資，柴切爾法官也在波莉姨媽的委託下，幫湯姆把錢做了相同的處理。現在，兩個孩子都有一筆可觀的收入了。

柴切爾法官非常喜歡湯姆。他說，一個普通的孩子不可能把他的女兒從絕境中解救出來。貝琪還把湯姆在學校裡替她受罰的事情告訴父親，讓柴切爾法官更是被湯姆的俠義心腸給深深打動。他覺得湯姆雖然在老師面前撒了謊，卻恰恰顯現出他的崇高無私和機智勇敢。柴切爾法官還說湯姆是個可造之才，將來他要把湯姆送進軍事學院就讀，再把他送到全國最好的法律學校深造，讓他成為一位大名鼎鼎的律師或軍事家。

哈克有了錢，又成了寡婦的養子，突然就踏入了所謂的「上流社會」。可是他一點都不享受這樣的生活，甚至吃盡了苦頭。每天都有傭人替他梳頭，把他弄得乾乾淨淨、整整齊齊；晚上還會為他鋪上舒服的床單。而且，他現在得學習用刀叉吃東西，還得遵守各式各樣的規矩。相比以前遊手好閒的日子，現在他每天得念書、做功課、上教堂，講話也必須得體，結果說出來的話變得枯燥乏味。他覺得無論走到哪裡，文明都在束縛著他。

這種「上流社會」的日子大概過了三個禮拜，有一天，哈克突然失蹤了。寡婦心急如焚，派人到處找他，但是兩天兩夜過去，依然音訊全無。全鎮居民也十分著急，大家又像之前孩子們去當海盜那次一樣，在河裡尋找哈克的下落；可是仍一無所獲。

第三天一早，聰明的湯姆想到一處哈克可能藏身的地點。於是，他跑到小鎮旁的屠宰場，並在屠宰場的舊空桶裡，找到了看起來逍遙自在的哈克。哈克才剛吃過從別人那裡偷來的殘羹剩飯，穿著一身破爛的衣裳，正枕著雙手躺在空桶裡吹口哨。

湯姆一把將他拉出來，告訴他大家都急得像熱鍋上的螞蟻，並要他趕緊回家。哈克坐起來，皺著眉頭，直搖頭說：

「那種日子不適合我！雖然寡婦對我真的很好，可是她的規矩實在太煩人了。每天起床都得洗臉、刷牙、梳頭，以及穿上他為我準備的衣服；晚上我還得睡在床上。真是太煩人了！」

聽完哈克的抱怨後，湯姆雙手一攤，說：「哈克，大家都是這樣過日子的。」

「為什麼我要和別人一樣？我就是無法忍受拘束的生活。你看，我吃東西要報告，上廁所要報告，出去玩要報告，想睡覺也要報告，無論做什麼都要經過寡婦的同意。說話時還得一邊想哪些話能說，哪些不能說。除此之外，我還不能隨意打哈欠，打噴嚏和伸懶腰！」哈克連珠炮似地繼續說著：「還有，學校馬上就要開學了，如果我不趕緊開溜，就得去上學！那簡直會把我逼瘋！其實，發財並沒有我們想像得那麼好，要不是那些錢，我現在也不用整天綁手綁腳，擔心來擔心去的，難受極了。湯姆，我的錢都給你吧！你替我帶話給寡婦，請她放過我吧！」

湯姆苦口婆心地勸著：「哈克，你再嘗試個幾天吧，習慣後就好了。」

「可是我恐怕一輩子都無法習慣。湯姆，我不想當有錢人。我喜歡樹林，喜歡小溪，喜歡河流和空桶，我不想和它們分開。我這輩子只想當個強盜！」

湯姆急忙抓住這個機會，說：「哈克，有錢也可以當強盜。」

哈克盯著湯姆，沒有說話。

「真的。而且哈克，你得知道，倘若你只是個無名小卒，我們是不會讓你加入強盜幫的。」

「湯姆，可是你說過要讓我加入強盜幫的，你不會這麼不講義氣吧？」哈克急了。湯姆裝作委屈的樣子回答：「哈克，我也不想這樣。但是，如果以你現在的樣子加入的話，其他人就會說：『嘿！這湯姆．索耶幫裡居然有這種低級的人混雜在內！』假如別人這麼說你，你會開心嗎？」

哈克在內心做了一番激烈的掙扎後，勉為其難地說：「好吧，只要你答應讓我加入強盜幫，我就回到寡婦身邊再熬一個月試試！」

「就這樣說定了！我也會請寡婦對你的要求稍微放寬一點。」

「真的嗎？太好了，或許她把那些規矩稍微放寬一點點後，我就不會那麼不快樂了。不過，我們什麼時候成立強盜幫呢？」哈克急切地問。

「哦，今晚就把大家聚集起來，舉行入幫儀式吧！」湯姆答道。

到了晚上，湯姆、哈克、貝恩．羅傑、喬．哈珀四人聚在一起，在小鎮外一處偏僻的地方，找了一所看起來像「鬼屋」的舊房子，在裡面點燃火堆，舉行了一個盛大的入幫儀式。

熊熊火光照紅了四張興奮的小臉，他們對著營火，舉起右手，莊嚴地立誓。四人發誓一定要互相幫助，決不洩露幫會的任何祕密，以及共同對付傷害他們兄弟的人。宣誓結束後，他們拿出從各自家裡帶來的食物大吃特吃，痛快地慶祝一番。

哈克高興得睜大雙眼，說：「湯姆，這比當海盜要強一百萬倍。為了這個，我願意一輩子住在寡婦家裡。等我將來成為一個家喻戶曉的強盜，受到大家的崇拜時，她一定會為我感到驕傲的！」

暑假快結束了，關於湯姆．索耶和他朋友們的故事，也暫時告一段落。孩子們在小鎮上，繼續著他們自由自在又調皮搗蛋的生活，也許將來有一天，他們當中有幾位會成為響噹噹的大人物，亦或只是個默默無聞的普通人。但那歡樂的童年，永遠像一個五彩繽紛的夢，鐫刻在他們內心深處。

照片來源：Wikimedia Commons

1. 馬克・吐溫肖像，附有 1884 年左右的親筆簽名
日期：1884 年
來源：1912 年 Harper 版本的《頑童歷險記》(Adventures of Huckleberry Finn)
授權許可：在美國屬於公有領域。這適用於版權過期的美國作品，通常這些作品發表於 1924 年 1 月 1 日之前。

2. 1869 年堪薩斯市密蘇里的鳥瞰圖
日期：1869 年
來源：這張地圖可以從美國國會圖書館的輿圖組取得，編號為 g4164k.pm004280
作者：A. Ruger. Merchants Lith. Co. Published by Madison
授權許可：在美國屬於公有領域。這適用於版權過期的美國作品，通常這些作品發表於 1924 年 1 月 1 日之前。

3. 湯姆・索耶島，馬克・吐溫渡船，戴維克羅克特的探險家獨木舟和大雷霆山鐵路示意圖
日期：2007 年 2 月 4 日
來源：https://www.flickr.com/photos/solgrundy/380968586/
作者：Chuck, aka SolGrundy on Flickr
授權許可：本張照片原始出處為 Flickr 的 https://flickr.com/photos/26066055@N00/380968586，作者為 SolGrundy。在 2015 年 11 月 28 日審查後確定為採用 cc-by-sa-2.0 的協議授權使用。

4. 位於美國密蘇里州漢尼伯鎮的馬克吐溫兒時故居暨博物館
日期：2011 年
來源：私人著作
作者：Jonathunder

5. American Folklore 於 1972 年發行的湯姆・索耶 8 分錢郵票
日期：1972 年 10 月 13 日
來源：美國郵政服務；國家郵政博物館：由 American Folklore 發行
作者：Bureau of Engraving and Printing，由 Bradbury Thompson 設計
授權許可：此為美國聯邦政府作品。根據美國法典第 17 篇第一章第 105 條，此作品屬於公共領域。

6. 掃描自馬克・吐溫所撰寫的《湯姆歷險記》的插圖，由 True Williams (Trueman W. Williams) 繪製
日期：1876 年
來源：https://archive.org/details/adventuresoftoms00twaiiala
作者：True Williams、馬克・吐溫
授權許可：此作品屬於公共領域

7. 馬克・吐溫著作
日期：不詳
作者：馬克・吐溫
來源：伊利諾大學厄巴納香檳分校（University of Illinois Urbana-Champaign）網路檔案館： https://archive.org/details/lesaventuresdeh00twai）
授權許可：此作品屬於公共領域

以人為鏡，習得人生

影響孩子一生的人物名著

正直、善良、堅強、不畏挫折、勇於冒險、聰明機智……
有哪些特質是你的孩子希望擁有的呢？
又有哪些典範是值得學習的呢？

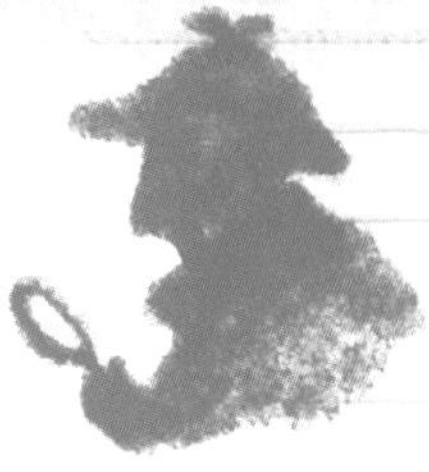

【影響孩子一生的人物名著】
除了發人深省之外，還能讓孩子看見
不同的生活面貌，一邊閱讀一邊體會吧！

★安妮日記

在納粹占領荷蘭困境中，表現出樂觀及幽默感，對生命懷抱不滅希望的十三歲少女。

★清秀佳人

不怕出身低，自力自強得到被領養機會，捍衛自己幸福，熱愛生命的孤兒紅髮少女。

★湯姆歷險記

足智多謀，正義勇敢，富於同情心與領導力等諸多才能，又不失浪漫的頑童少年。

★環遊世界八十天

言出必行，不畏冒險，以冷靜從容的態度，解決各種突發意外的神祕英國紳士。

★海蒂

像精靈般活潑可愛，如天使般純潔善良，溫暖感動每顆頑固之心的阿爾卑斯山小女孩。

★魯賓遜漂流記

在荒島與世隔絕28年，憑著強韌的意志與不懈的努力，征服自然與人性的硬漢英雄。

★福爾摩斯

細膩觀察，邏輯剖析，揭開一個個撲朔迷離的凶案真相，充滿智慧的一代名偵探。

★海倫・凱勒

自幼又盲又聾，不向命運低頭，創造語言奇蹟，並為身障者奉獻一生的世紀偉人。

★岳飛

忠厚坦誠，一身正氣，拋頭顱灑熱血，一門忠烈精忠報國，流傳青史的千古民族英雄。

★三國演義

東漢末年群雄爭霸時代，曹操、劉備、孫權交手過招，智謀驚人的諸葛亮，義氣深重的關羽，才高量窄的周瑜……

跨時空，探索無限的未來

影響孩子一生的世界名著

騎上鵝背或者跳下火山，長耳兔、青鳥或者小鹿
百年來流傳全世界，這些故事啟蒙了爸爸媽媽、阿公阿嬤。
從不同的角度窺見世界，透過閱讀環遊世界！

【影響孩子一生的世界名著】

最適合現代孩子的編排，耳熟能詳的經典故事
呈現嶄新面貌，啟迪閱讀的興味與趣味！

★小戰馬

動物小說之父西頓的作品，在險象環生的人類世界，動物們的頑強、聰明和忠誠，充滿了生命的智慧與尊嚴。

★騎鵝旅行記

首位諾貝爾文學獎女作家寫給孩子的童話，調皮少年騎著白鵝飛上天，在旅途中展現勇氣、學會體貼與善待動物。

★好兵帥克

最能表彰捷克民族精神的鉅著，直白、大喇喇的退伍士兵帥克，看他如何以戲謔的態度，面對社會中的不公與苦難。

★祕密花園

有錢卻不擁有「愛」。真情付出、愛己及人，撫癒自己和友伴的動人歷程。看狄肯如何用魔力讓草木和人都重獲新生！

★小鹿斑比

聰明、善良、充滿好奇的斑比，看他如何在獵人四伏的森林中學習生存法則與獨立，蛻變為沉穩強壯的鹿王。

★青鳥

1911年諾貝爾文學獎，小兄妹為了幫助生病女孩而踏上尋找青鳥之旅，以無私的心幫助他人，這就是幸福的真諦。

★頑童歷險記

哈克終於逃離大人的控制和一板一眼的課程，他以為從此逍遙自在，沒想到外面的世界，竟然有更多的難關！

★森林報

跟著報導文學環遊四季，成為森林知識家！如詩如畫的童趣筆調，保證滿足對自然、野生動物的好奇。

★地心遊記

地質教授李登布洛克與姪子阿克塞從古書中發現進入地底之祕！嚮導漢斯帶領展開驚心動魄的地心探索真相冒險旅行！

★史記故事

認識中國歷史必讀！一探歷史上具影響力及代表性的人物的所言所行，儘管哲人日已遠，典型仍在夙昔。

想像力，帶孩子飛天遁地

灑上小精靈的金粉飛向天空，從兔子洞掉進燦爛的地底世界……
奇幻世界遼闊無比，想像力延展沒有極限，只等著孩子來發掘！
透過想像力的滋潤與澆灌，讓創造力成長茁壯！

【影響孩子一生的奇幻名著】
精選了重量級文學大師的奇幻代表作，
每本都值得一讀再讀！

★西遊記

蜘蛛精、牛魔王等神通廣大的妖怪，會讓唐僧師徒遭遇怎樣的麻煩，現在就出發前往這趟取經之路。

★柳林風聲

一起進入柳林，看愛炫耀的蛤蟆、聰明的鼴鼠、熱情的河鼠、和富正義感的獾，猶如人類情誼的動物故事。

★小王子

小王子離開家鄉，到各個奇特的星球展開星際冒險，認識各式各樣的人，和他一起出發吧！

★叢林奇譚

隨著狼群養大的男孩，與蟒蛇、黑豹、黑熊交朋友，和動物們一起在原始叢林中一起冒險。

★小人國和大人國

想知道格列佛漂流到奇幻國度，幫小人國攻打敵國，在大人國備受王后寵愛，以及哪些不尋常的遭遇嗎？

★彼得・潘

彼得・潘帶你一塊兒飛到「夢幻島」，一座存在夢境中住著小精靈、人魚、海盜的綺麗島嶼。

★快樂王子

愛人無私的快樂王子，結識熱情的小燕子，取下他雕像上的寶石與金箔，將愛一點一滴澆灌整座城市。

★一千零一夜

坐上飛翔的烏木馬，讓威力巨大的神燈，帶你翱遊天空、陸地、海洋神幻莫測的異族國度。

★愛麗絲夢遊奇境

瘋狂的帽匠和三月兔，暴躁的紅心王后！跟著愛麗絲一起踏上充滿奇人異事的奇妙旅程！

★杜立德醫生歷險記

看能與動物說話的杜立德醫生，在聰慧的鸚鵡、穩重的猴子等動物的幫助下，如何度過重重難關。

影響孩子一生名著系列 23

湯姆歷險記

機智幽默的頑童・勇敢正義的英雄

ISBN 978-986-96861-6-7 / 書 號：CCK023

作　　者：馬克・吐溫 Mark Twain
主　　編：陳玉娥
責　　編：顏嘉成
插　　畫：枯枯子
美術設計：蔡雅捷、鄭婉婷
照片來源： Wikimedia Commons

出版發行：目川文化數位股份有限公司
總 經 理：陳世芳
行銷企劃：許庭瑋
法律顧問：元大法律事務所 黃俊雄律師
地　　址：桃園市中壢區文發路 365 號 13 樓
電　　話：(03) 287-1448
傳　　真：(03) 287-0486
電子信箱：service@kidsworld123.com
劃撥帳號：50066538

國家圖書館出版品預行編目 (CIP) 資料

湯姆歷險記 / 馬克．吐溫作． -- 初版． --
桃園市 ： 目川文化， 民 108.01
　面 ；　公分． -- （影響孩子一生的人物名著）
譯自 ： The adventures of tom sawyer
ISBN 978-986-96861-6-7（平裝）

874.59　　　107021021

網路書店：www.kidsbook.kidsworld123.com
網路商店：www.kidsworld123.com
粉 絲 頁：FB「悅讀森林的故事花園」

印刷製版：長榮彩色印刷有限公司
總 經 銷：聯合發行股份有限公司
地址：新北市新店區寶橋路 235 巷 6 弄 6 號 4 樓
電話：(02) 2917-8022
出版日期：2019 年 2 月（初版）
定　　價：280 元

建議閱讀方式

型式	圖圖圖	圖圖文	圖文文		文文文
圖文比例	無字書	圖畫書	圖文等量	以文為主、少量圖畫為輔	純文字
學習重點	培養興趣	態度與習慣養成	建立閱讀能力	從閱讀中學習新知	從閱讀中學習新知
閱讀方式	親子共讀	親子共讀 引導閱讀	親子共讀 引導閱讀 學習自己讀	學習自己讀 獨立閱讀	獨立閱讀